# *Zona Crepuscular*

# NILTON BONDER

# Zona Crepuscular

Histórias fantásticas do rabino

Rocco

Copyright © 2023 by Nilton Bonder

Direitos desta edição reservados à
EDITORA ROCCO LTDA.
Rua Evaristo da Veiga, 65 – 11º andar
Passeio Corporate – Torre 1
20031-040 – Rio de Janeiro – RJ
Tel.: (21) 3525-2000 – Fax: (21) 3525-2001
rocco@rocco.com.br | www.rocco.com.br

*Printed in Brazil*/Impresso no Brasil

Preparação de originais
RAFAEL MEIRE

**CIP-BRASIL. CATALOGAÇÃO NA PUBLICAÇÃO**
**SINDICATO NACIONAL DOS EDITORES DE LIVROS, RJ**

B694z

Bonder, Nilton
  Zona crepuscular : histórias fantásticas do rabino / Nilton Bonder. - 1. ed. - Rio de Janeiro : Rocco, 2023.

  ISBN 978-65-5532-383-2
  ISBN 978-65-5595-226-1 (recurso eletrônico)

  1. Ficção brasileira. I. Título.

23-85644         CDD: 869.3
                 CDU: 82-3(81)

Gabriela Faray Ferreira Lopes - Bibliotecária - CRB-7/6643

O texto deste livro obedece às normas do
Acordo Ortográfico da Língua Portuguesa.

# Sumário

Zona crepuscular ............................................................... 7
Além da imaginação ........................................................ 11
Ectoplasma erótico — O fantasma da Sala de Manuscritos Raros  15
Casamento *post mortem* ................................................ 23
A Cabala da Tijuca .......................................................... 31
Satã na primeira classe ..................................................... 36
O *Bar Mitzva Poltergeist* ................................................ 43
Operando com o dr. Fritz ................................................ 51
Destinos amarrados ........................................................ 59
Talmude e o som do silêncio ........................................... 67
Potências astrológicas ...................................................... 77
*Dancing to the end of life* .............................................. 85
Turismo *post mortem* .................................................... 93
Pendências de outro mundo ........................................... 103
Conversas telepáticas ..................................................... 111
Tempos messiânicos por um dia .................................... 119
Barrado no Paraíso ........................................................ 125
A entidade no manicômio .............................................. 133
Possessão I .................................................................... 139
Possessão II — O *dibuk* ............................................... 143
Objeto semi-identificável ............................................... 147
Duendes e salvação ....................................................... 153
Psicolografando ............................................................ 163
Vida antes da morte ...................................................... 171
O Espírito de Ipanema .................................................. 181

*Os mestres ensinaram:*
*Se o crepúsculo é ambíguo quanto a ser parte do dia ou da noite, qual é a duração exata do crepúsculo?*
*Depois do pôr do sol, enquanto ainda houver um halo avermelhado de luz, ou quando o céu inferior se torna opaco, mas o superior ainda está iluminado, ainda é crepúsculo.*
*Porém, quando o céu superior se torna opaco como o inferior, então já é noite.*

Talmude Shabat 34b

*Os demônios foram criados no crepúsculo da véspera do primeiro Shabat (sábado)!*

Talmude Ber. 55b

# Zona crepuscular

Todas as histórias aqui narradas são verdadeiras. Por "verdadeiras", entenda-se que elas aconteceram. Onde exatamente aconteceram é a grande questão deste livro. Aqui estão relatados eventos de quase quatro décadas, ao longo das quais fiquei exposto à radiação das alegorias da mística e do espiritual. Sim, porque ninguém sai ileso ao se situar na seara do imaginário de metáforas e insinuações existenciais que compõem o mundo da religião e das crenças.

O que é a fé e suas doutrinas senão a manifestação dos fantasmas, das auras e das almas que o ser humano percebe em seu próprio corpo? A experiência psíquica enxerga em si algo da ordem do parapsíquico. Como poderia ser diferente? A autoconsciência é um fantasma que nos habita como efeito do pensamento que, por sua vez, é cônscio de si mesmo. Daí deriva o "encosto" de um ser paralelo. Esse personagem nada mais é do que o "eu" — um sujeito que, em nós, vive pelas cercanias dessas zonas crepusculares. Foi ou não foi? Aconteceu ou não aconteceu? Estava acordado ou foi um sonho? O que me assegura que a experiência vivida não foi uma loucura, um devaneio? E é exatamente pela inexistência de outra testemunha para além de si próprio que frequentemente vivemos próximos ao delírio.

Essa é em si a zona crepuscular, constituída de experiências para as quais somos testemunhas com grande desconfiança. Não se trata da suspeita de uma fraude deliberada, mas do reconhecimento de que, para além da realidade factual, a atividade psíquica produz outra realidade. E, quando há duas realidades, se configura uma "zona crepuscular" que pode, com a mesma convicção, tanto ser assegurada como contestada. Caminhar por essas bandas produz efeitos de sons, visões e percepções próprias que, de tão estranhas e distorcidas, aparentam ser de outro mundo. Realidade com realidade produz efeitos e trilhas sonoras que caracterizam o mistério. O mistério tem essa toada: o sair do tempo normativo para entrar em modo câmera lenta e de som distorcido. Isso ocorre por conta da presença dessas duas realidades.

Evidentemente, não há que se querer validar uma realidade em detrimento da outra, o que equivaleria a designar uma como verdadeira e a outra como falsa. Isso não produziria o efeito de duas realidades, mas apenas o delírio ou a sanidade. No conjunto, as experiências aqui descritas não são desatinos, alucinações ou demências. Por outro lado, tampouco são factuais ou fundamentadas. São, isto sim, interseções entre a realidade interna e a externa, criando versões incontestáveis e verídicas. Sua natureza é ao mesmo tempo improvável — isto é, não verificável em laboratório — e absolutamente comprovada pela experiência incontestável.

Se você não sente medo ou vertigem quando em contato com essa zona fronteiriça entre duas realidades, então venha comigo nessa contação de histórias. Tempos interessantes aqueles em que a gramática ainda preservava as formas "histórias" e "estórias"! — uma factual, outra ficcional, para se reportar às mais variadas situações. Neste livro, pois, são todas histórias-estórias verídicas; ficções reais e particulares que derivam do curto circuito produzido pelo roçar de duas realidades — pois vale dizer que, por definição, duas realidades nunca se cruzam, elas apenas se tangenciam. É, portanto, do incrível fenômeno de aproximação entre realidades que esse espaço crepuscular trata. E é sobre ele que, sob o manto sublime de véus e parábolas, frequentemente fazemos relatos aos nossos netos.

Seguem aqui algumas histórias pinçadas de uma quarentena de anos como rabino em que presenciei realidades em colisão. Da fricção de ficções, é comum que muita luz e energia sejam liberadas — tal como num clarão que, em vez de resolver e definir, torna ambas as possibilidades factíveis, produzindo uma experiência de ruptura na consciência. É, pois, por conta dessas trincas, dessas fendas — como dizia o poeta —, que escapam os mais penetrantes raios de luz.

Então venham comigo, munidos da importante certeza de que tudo isso realmente, indubitavelmente, aconteceu.

# Além da imaginação

Em preto e branco, entrava o programa televisivo com aquela música; algo como a música de *Psicose*, do Hitchcock, que anunciava mais um episódio de *Além da imaginação*. O título do original em inglês era *The Twilight Zone* — que significa zona de crepúsculo ou de penumbra. Acho que era a televisão em preto e branco, ou os próprios anos 1960, que dava o tom da série. Naquela década de discos voadores que bem podiam se tratar de russos; ou de humanos indo à Lua numa possível farsa *yankee* (*go home!*) para dominar o mundo; ou de hippies e tropicalistas, respectivamente, combatendo o *status quo* da caretice e da ditadura, tudo sugeria uma *twilight zone,* uma zona de indefinição e de suspeição.

Eu era menino... E como conhecia essa "zona"! O programa em questão era exibido às sextas-feiras logo depois de *Os monstros*, série satírica sobre uma família sobrenatural de *frankensteins* e vampiros. Apesar do tom jocoso e da paródia ao ogro e à aberração, ainda assim ela trazia algo de sinistro. Meus pais saíam à noite com frequência, de modo que, à hora de ir dormir, eu não contava com a presença deles em casa. A atmosfera de insegurança gerava um clima propício para a batalha entre o cansaço e o sono embriagante — e a resistência teimosa para não me render a eles. Era quando começava *Além da imaginação*. E era quando o juizado de menores alertava para o fato de que aquele tipo de programa era propositadamente colocado em grade tardia, o que, com certeza, era em si um agravo ao clima de terror.

Se por um lado isso não se dava exatamente à meia-noite, por outro era tarde o suficiente para que a ausência dos meus pais produzisse, na espera pelo retorno deles, um tempo interminável e distorcido. E, pela telinha, lá vinham as "histórias-estórias" do tipo... Em uma noite de tempestade, um sujeito é parado na estrada por uma mulher pedindo ajuda. O sujeito sai do carro e vê outro carro acidentado no rio, onde há duas crianças quase morrendo afogadas — que ele corajosamente salva. Logo em seguida, dá-se conta de que a mulher que havia acabado de pedir socorro estava morta no banco da frente. Morta ou viva? O que seria o real? É claro que o que se impunha era a lógica da mãe desesperada para salvar os filhos de um perigo fatal, e que vencia até mesmo as fronteiras da morte. Mas o fato é que a questão maternal, aliada à ausência dos meus pais reais na minha própria casa, estabelecia um sentido próprio e arrancava de mim um gestual de concordância involuntário, como que dizendo: "Sim, isso é bem possível, apesar de improvável!"

Penso que a televisão de então, com seus parcos recursos de efeitos, era mais interessante do que a de hoje. A tecnologia tirou dela aquele ar caseiro, artesanal, bem mais propício a produzir o arrepiante e o horripilante do que os recursos computadorizados atuais. O primarismo era menos *fake* do que o hiper-realismo de efeitos especiais. O despretensioso tem mais jeito e cara de coisa real, e representa melhor o dramático que nos afeta. O sobrenatural do mundo digital e da Inteligência Artificial é bem menos convincente.

Enfim, é na toada desse programa e em homenagem a esse clássico que apresento as histórias que seguem. Elas também acompanham a tradição fabulosa dos rabinos que contavam suas parábolas para adentrar o mundo dos paradoxos. Os paradoxos nada mais são do que descrições do fenômeno de duas realidades que se aproximam em demasia. Do mundo rabínico vem a palavra abracadabra (aconteça o que digo!); o Golem, precursor do Frankenstein (ou seria Finkelstein!?); e a simpática Endora, mãe da *Feiticeira* e inspirada na bruxa Endor — que se comunica com os mortos a pedido do rei Saul bíblico.

Em si mesmo, o "além" já é palavra que evoca o imaginário, tanto mais quanto ampliado pela nebulosa e espantosa duplicação do título *Além da imaginação*: um título potente no sentido de representar a vida em seu encontro com o inusitado e o inventivo, química altamente volátil e combustível. O que se segue, porém, de fato aconteceu!

*Rabi Hanina proibia que uma pessoa dormisse sozinha numa casa, porque aquele que dorme sozinho pode ser capturado por Lilith.*

*Quando uma pessoa está sozinha, um espírito destrutivo pode feri-la. Quando há duas pessoas, o espírito pode até fazer uma aparição, mas não pode ferir ninguém. Já com três pessoas presentes, ele então nem sequer se manifesta!*

Talmude Ber. 43b

# Ectoplasma erótico — O fantasma da Sala de Manuscritos Raros

Meus estudos rabínicos, eu os cursei no Jewish Theological Seminary, um prédio clássico típico de universidades aristocráticas e que fica localizado em Manhattan, margeado em um dos lados pela Universidade de Colúmbia e, no outro, pelo Harlem. No início, eu morava no dormitório contíguo ao prédio da universidade, com seu pé-direito alto e longos corredores decorados com pinturas de presidentes e personalidades do passado — a maioria deles egressos deste mundo. Sim, era um daqueles corredores que, ao caminharmos por eles, poderíamos jurar que os olhos das pinturas nos acompanhavam.

Para sobreviver, eu trabalhava na biblioteca ganhando um salário mínimo. Foi quando surgiu uma oportunidade. Por ser latino e dominar os idiomas português e espanhol, me ofereceram trabalhar com a Coleção Ibérica de Manuscritos Raros da biblioteca. Isso significaria dobrar o meu salário, e eu não hesitei. Para tanto, teria que sair daquela sede moderna e luxuosa e passar a trabalhar na torre, onde se localizava a antiga biblioteca. Mais especificamente, teria que trabalhar na Sala de Manuscritos Raros, que ficava no alto da torre e tinha acesso restrito — uma vez que, ali, era onde estavam manuscritos, livros e edições de valor inestimável.

Era curioso que uma das maiores ameaças a esses manuscritos viesse justamente da comunidade de judeus ortodoxos. Eles consideravam que vários daqueles documentos sagrados estavam nas mãos de "*infiéis*". Por vezes, rasgavam páginas ou deles subtraiam fragmentos como um ato "*devocional*", leia-se, de judeus liberais, não ortodoxos. Frequentemente, tentavam furtá-los. Não era raro encontrar nas bibliotecas de Nova York fotos de ortodoxos e chassídicos, expostas em cartazes, que os retratavam como elementos perigosos.

Fui então levado ao meu novo local de trabalho; para adentrá-lo, tinha que passar por uma porta de ferro, como a de um cofre. Lá, cercado de livros e rolos muito antigos, fui avisado que a porta ficaria constantemente fechada, por segurança. Eu trabalharia só. Quando quisesse sair, teria que utilizar uma campainha ou um interfone, e a porta seria destravada para mim. Fui notificado também da existência no recinto de um sofisticado sistema contra incêndio à base de produtos químicos. É que, no início dos anos 1960, um incêndio devastador havia trazido grandes perdas para o acervo, causadas mais pela água dos bombeiros do que pelo fogo em si, razão pela qual um sistema concebido à base de produtos químicos secos foi instalado. Em caso de emergência, o alarme soaria e eu teria cerca de três minutos para deixar a sala antes que esta fosse borrifada por químicos altamente tóxicos.

O enclausuramento e os riscos envolvidos tornaram aquele lugar diferenciado. Como se não bastasse, seu interior era impactante, quase macabro. Os manuscritos traziam o peso do tempo e da História, organizados em prateleiras ou, por vezes, largados sobre mesas à espera de catalogação.

A mim caberia cadastrar e inventariar vários lotes que haviam sido arrematados em leilões ou adquiridos via doação, e que constituíam a tal Coleção Ibérica da Sala de Manuscritos Raros. No que diz respeito ao acervo da biblioteca, havia particular interesse em escritos e manuscritos da Inquisição na Península Ibérica. Ali estavam muitos Autos da Inquisição, documentos originais e autênticos de processos do "Santo Ofício" contra os judeus e os cristãos-novos do século XIV a XVI. A mim caberia, portanto, organizar e descrever o conteúdo de muitos dos documentos adquiridos, e que, àquela altura, ainda se encontravam em caixas e armários onde os referidos lotes haviam sido depositados.

Muitos daqueles manuscritos — alguns bastante raros (como, por exemplo, uma carta de próprio punho do filósofo Maimônides, datada do século XII) — eram, então, trazidos em lotes. Não se podia adquirir apenas manuscritos específicos, que interessavam; era preciso arrematá-los em conjunto. Tratava-se de coleções que pertenciam a indivíduos que, ao morrerem, as doavam ou vendiam em pacote fechado. Por essa razão, juntamente com textos de interesse, nos chegavam outros que pouco ou nada tinham a ver com a biblioteca e sua especificidade. Eu seria o encarregado de separar o joio do trigo.

Foi assim que comecei a ler e organizar cadernos com os Autos da Inquisição. Eram textos muito curiosos e primários. Breves, contendo não mais que duas ou três linhas, eles traziam a narrativa e a argumentação da acusação imputada aos réus e, quando muito, também a sentença decretada. Eram pequenas novelas recheadas de drama e de intrigas; de listas intermináveis de casos que selaram o destino de pessoas — muitas vezes destituindo-as de suas posses e, até, de suas vidas. Por meio desse voyeurismo da intimidade e da rotina de cinco ou seis séculos atrás, me era possível conhecer os sentimentos mesquinhos que alimentaram muitos desses processos. Não era raro encontrarmos ali textos do tipo: "O senhor tal e tal acusa o senhor tal e tal, que é morador à rua tal, de ser judaizante, ou de praticar feitiçaria..." E, na descrição de seu ofício, vir a descobrir que ambos — delator e acusado — eram sapateiros.

Ficava claro que interesses pessoais, estimulados por toda uma cultura da delação, estavam por trás das incriminações. Ou, então, eu lia sobre uma moça que denunciava outra moça da mesma idade... E ficava imaginando que, talvez, aquilo fosse motivado por algum pretendente disputado por ambas, ou por algum outro motivo torpe. Vai saber! E assim eu trabalhava horas a fio, mergulhado em enredos aparentemente infantis e supérfluos, mas que haviam trazido muita dor e desespero para pessoas reais.

O passado é sempre fantasmagórico, porque dele só se conhecem poucos detalhes a partir dos quais, via imaginário, recriamos vidas inteiras e reais, materializando vultos de "carne e osso" mediante fragmentos de seu padecimento. Tudo aquilo povoava os escritos e a minha imaginação naquela torre. Resgatar um passado morto se mostrava algo assombroso, como nesgas de luz penetrando a imensidão escura do esquecimento.

Entretanto, em meio aos manuscritos da Inquisição, de quando em quando, surgiam outros materiais, como edições antigas de clássicos ou livros menos conhecidos. Alguns eram mais antigos do que raros, mas gozavam da mesma nobre e pomposa estadia na pilha à minha frente. Eis então que um livro caiu nas minhas mãos. Na verdade, era difícil dizer se era um livro, porque, sendo um manuscrito, bem poderia se tratar de um diário. Tinha, porém, um título para lá de intrigante: *Sobre aquela mulher devassa*. Logo me interessei. Era escrito por um padre, e num português muito antigo — coisa que se percebia pela presença de letras que caíram na língua moderna; ou por expressões que mais pareciam pertencer ao espanhol arcaico; ou, ainda, por conta de termos burlescos utilizados de forma inabitual. O mais interessante, porém, era o conteúdo.

Supostamente escrito para infamar e desonrar uma mulher libertina e servir de advertência a todos que tivessem inclinações licenciosas semelhantes, o texto parecia fazer o contrário. O tal clérigo se ocupava em descrever detalhes de vexar até mesmo o cidadão às vésperas do século XXI. Tudo o que ela havia feito de errado era descrito nos mínimos detalhes, e, como se o autor estivesse imbuído da missão de expor o "demônio" nesse "hino" ao recato e à modéstia, na verdade ele acabava alimentando de luxúria o imaginário de qualquer um que lesse a obra falsamente piedosa.

Fiquei encantado com toda aquela perversão, digna de um estudo sobre patologias acerca da repressão e do sadismo. Na descrição detalhada dos atos indecentes e perversos da dita senhorita, a rigor o pároco descrevia, mediante incriminações e repugnância, a sua própria devassidão. Tudo era tão gráfico e, vejam, escrito em português medieval! E na forma de um manuscrito, ainda por cima! Foi assim que, para mim, da tortura medieval inquisitória à pornografia do sacerdote, o passado ganhava relevo e relevância.

Por vários dias voltei ao texto do padre imaginando conseguir fotocopiar o pergaminho. Não existiam ainda smartphones, e não era nada fácil conseguir permissão para expor os manuscritos, a maior parte deles extremamente frágil. Imaginava que esse material serviria para uma revista do tipo *Playboy* — não só pelo teor, que seria definitivamente apropriado, mas também pelo exótico que era ver tudo aquilo narrado em português arcaico, do século XIV.

Foi então que, num dia de inverno, com a Sala dos Pergaminhos quase congelando por ser toda revestida de mármore, resolvi seguir minha leitura do "x-pergaminho" sobre a tal "mulher devassa". Ele estava numa pratelcira, pouco acima da minha cabeça. A pasta que o guardava ficava inclinada e apoiada sobre outras pastas; era a última da fileira, seguindo-se a ela um espaço vazio de uns vinte centímetros, no máximo, até reencontrar a fileira dos outros livros.

Sem olhar, alcei a mão em sua direção para tirá-la da prateleira e, assim que o fiz, encostei em algo quente; um morno que era de coisa viva, de coisa orgânica. Com o olhar mais rápido do que o próprio reflexo de retirar a mão, me flagrei tocando um material verde viscoso. Ainda hoje, sou capaz de acessar a memória tátil daquele roçar, um misto de encostar e perpassar aquela textura.

Com a velocidade de um choque, um arrepio instantâneo tomou o meu corpo. Medo e asco me fizeram saltar da cadeira e correr em direção à porta trancada. O horror e o mal-estar eram tão incontroláveis que não consegui realizar o que sempre imaginei que faria diante de um encontro sobrenatural. Em momentos de medo irracional, talvez como tática mesmo, pensava que poderia acalmar a mim mesmo me persuadindo sobre o incrível que seria atestar e experimentar o transcendente. Acreditava que a curiosidade seria capaz de produzir em mim uma coragem que fosse maior do que o pavor. Que nada! Eu estava feito personagem de desenho animado, implorando para ser liberto e poder partilhar com outra pessoa aquela aparição.

Acho que parte considerável do horror é não acreditar no que você mesmo está vendo ou vivenciando. A incredulidade diante do que os sentidos atestam é sempre muito perturbadora.

No afã de tocar a campainha para que alguém me resgatasse, acabei acionando o alarme de incêndio. Acabara de acrescentar ao "seja lá o que for" mais um dado de pânico, só que desta vez por conta de um perigo real: eu tinha apenas três minutos para sair dali!

Três minutos é muito tempo, descobri aterrorizado. Com o ruído do alarme, em segundos a porta se abriu, e eu a atravessei já gritando que era um engano, implorando para que o tal sistema anti-incêndio fosse desativado.

Descobri então que o alarme não acionava o sistema automaticamente, e que em momento algum corri o risco de ser banhado por gases ou partículas tóxicas. Porém, quando me perguntaram, fiquei temeroso de dizer o que realmente havia acontecido. Assim, sem fazer elucubrações sobre o que eu tinha certeza de ter visto, apenas comentei que tinha me assustado, porque havia alguma coisa se mexendo na Sala de Manuscritos Raros.

O segurança adentrou a sala; fui atrás dele olhando fixo para a prateleira onde se encontrava o "x-manuscrito" e onde tudo acontecera. Claro que não havia nada. O segurança disse: "Ratos... Ratos estão por toda a cidade! Vou alertar a manutenção, para que coloquem veneno e ratoeiras aqui na torre!"

Fui embora entre abalado e deslumbrado. O que foi aquilo? Eu não me expus com as pessoas porque, apesar de ter visto o que vi, não tinha como eu próprio validar aquilo: algo incrível não só pelo que visualmente enxerguei, mas, principalmente, pela textura de algo que nunca mais apalpei.

Considerei comigo mesmo — para a minha própria repugnância — a possibilidade de realmente ter sido um camundongo. Confesso, porém, que não consegui me convencer. O que de fato vi foi aquela massa verde fosforescente! Não tenho nenhuma crença que possa sustentar essa convicção ou hipótese. O que sei é que aquela sala, todas as suas vibrações e a impressão que me causou estar ali sozinho foram parte da manifestação e do ocorrido. Sei também que a energia daquele texto do padre, repleto de erotismo e tara, vencendo séculos de silêncio e de invisibilidade, corroborou para aquela "materialização".

No dia seguinte, me apressei para terminar de catalogar o acervo da Coleção Ibérica de Manuscritos Raros do Jewish Theological Seminary. Consegui concluir rapidamente porque já estava tudo quase terminado. Eu tinha procrastinado por conta do valor dobrado da hora paga por aquele projeto especial, e também porque tinha ficado seduzido por aquele texto libidinoso.

Feliz, voltei ao meu trabalho no prédio novo e asséptico da biblioteca. Lá, a ausência de passado resgatou a garantia objetiva do presente e dos sentidos humanos. O inconveniente é que pagava bem menos e era infinitamente mais tedioso do que o material da Sala de Manuscritos.

Ah... Pois é... Várias vezes eu bem que pensei em fotocopiar o "x-manuscrito" do padre, mas o tempo passou e, até me graduar, acabei esquecendo. Ele deve estar lá, catalogado por mim, à espera de alguém que novamente faça ganhar vida as atribuladas perversões da senhorita depravada e de seu inquisidor atormentado. Relevos e inquietudes tão próprias ao passado.

# Casamento post mortem

A sra. Sophie era romena e morava em Copacabana. Não era a Copacabana de hoje, mas o bairro cosmopolita e refinado de Lispector, Portinari e Nelson Rodrigues. Ela sempre me deixava encabulado ao cruzarmos um com o outro pelos arredores. Era uma mulher direta, e repetidamente elogiava minha aparência, fazendo referências ao meu charme. Porém, além dos comentários constrangedores sobre a minha pessoa — por si só suficientes para embaraçar o neófito rabino —, ela fazia algo ainda pior: sempre que a nossa interação estava para encerrar, ela abria a bolsa e, depois de um breve vasculhar, tirava algumas notas de dólares (que ela dobrava) e me passava matreiramente, como se ladeando o ilícito. Então dizia: "Isso é para as crianças!", já empurrando a minha mão, como que para antecipar uma possível recusa. Ela fazia isso como se fosse um costume, uma tradição.

Sabe... Encontrar um rabino era como um bom agouro, e, na velha Europa, essa sensação de bênção — pelo menos aos bem-educados e prósperos — demandava o obséquio de uma doação. Meu incômodo era parecer um guarda de trânsito subornado; incômodo esse que se originava no fato de eu ser assalariado e viver outra realidade que não a europeia, onde o rabino e sua família eram mantidos por essas benesses. Tratava-se de uma convenção dessas "voluntárias", e ai de você se não fizesse!

O fato de serem dólares, porém, era um atenuante, pois fazia parecer mais um presente do que dinheiro em si. Acho que se fossem cruzeiros, eu teria mais convicção nas frases sussurradas e hesitantes que pronunciava: "Isso não é necessário..." — já pegando o dinheiro sem resistência. O frisson do desconforto era rapidamente anulado pela sensação de um lucrativo encontro fortuito. E assim criamos esse estranho comportamento que, quando não ocorria (o que era raro), me pegava incomodado pela simples reação pavloviana de haver espera.

Certa manhã, recebi um telefonema da sra. Sophie. Em tom grave, ela me perguntou se eu faria um casamento. Ora, perguntar a um carpinteiro se ele faria um móvel, ou a um alfaiate se ele faria um paletó, é sinal de que há algum tipo de encrenca envolvida... Em geral, esses preâmbulos indicavam o pedido de que fosse feito algo fora dos "livros", algo que exigiria empenho e prenunciava alguma exceção. Para um rabino, esses prólogos frequentemente eram seguidos de pedidos para a participação em um casamento misto, isto é, entre um judeu e um não judeu — coisa que, na condição de rabino, eu não estava autorizado a fazer. Já comecei a preparar a negativa, quando imediatamente saltou à minha consciência a incriminação e a culpa por ter aceitado as tais gorjetas, agora transformadas em bônus-cumplicidade prestes a serem executados.

Ela disse em tom reservado: "Aceitaria oficiar um casamento?" E, apesar de instruído sobre o que imaginava que se seguiria, respondi com um óbvio e formal "sim", com a estratégia de ganhar tempo para só então arrematar: "Porém, que tipo de casamento?" Ela prosseguiu: "Realmente, não é um casamento qualquer! É o casamento entre uma noiva viva e um noivo morto!"

É abismal a manobra que um ser humano tem que fazer quando, seguro de algo, subitamente se vê obrigado a conceder à surpresa e reconhecer-se desprevenido. Fiquei desconcertado, porque não conseguia recuperar na imaginação nenhum caso que sequer pudesse suscitar tal demanda ou pedido. Certamente aquilo me pareceu macabro, e era óbvio que se tratava de uma instância que implicaria em costurar dois mundos.

Sophie finalmente me tirou do ensimesmamento: "Vou explicar. Meu marido morreu faz poucas semanas. Vivemos juntos por quarenta anos, mas ele nunca quis se casar: argumentava que iria destruir nossa relação, e assim ficamos. Ao se aproximar o aniversário de quarenta anos de união, ele me surpreendeu com um presente: uma viagem dos sonhos e, ao voltarmos, enfim a realização do nosso casamento. Pois ele faleceu no meio da viagem… Foi muito difícil, mas não consigo tirar essa pendência da cabeça, e acho que ele não descansará enquanto isso não for resolvido, entende?"

"Como assim?", pensava eu, enquanto percebia o convite como algo especial e perigoso. E se tudo aquilo fosse um ardil? E se o sujeito, na verdade, não quisesse se casar e a desvairada estivesse realizando um assédio além-mundo? Um casamento exige que o cônjuge diga sim, ou que expresse de forma cabal a sua anuência. Não há contrato sem assinatura; não há acordo sem que, de alguma forma, se deem as mãos ou se recorra a outro modo de validação. Um casamento é entre dois... Pode um morto ser considerado "um"?

O silêncio que se estabeleceu foi, no entanto, afetuoso. Intuí que se tratava de algo mais profundo e que encerrava alguma forma de atendimento espiritual a ela. Porém, eu não poderia errar, pois estava prestes a abrir as portas da interação entre dois mundos. Mais do que isso, iria envolver um ato de livre escolha e outro de arbítrio, e talvez comprometer alguém que já não é um ente soberano e jurídico. Não havia nenhum estatuto tutelar do falecido em que eu pudesse me basear — tal como existe, por exemplo, o estatuto da criança e do adolescente, estes sim claramente dependentes legais.

Venci o constrangimento de estar compelido a atendê-la por conta dos "regalos" que sempre me estendia, e senti uma profunda empatia: "Querida Sophie, deixe-me pensar. Você está me pedindo algo muito inusitado. Preciso refletir. Além disso, preciso tanto consultar a tradição como buscar alguma orientação. Por favor, me dê algum tempo e retorno a você."

Ela agradeceu repetidamente, pedindo que entendesse o valor e a urgência que aquilo tinha para ela.

Desliguei o telefone com aquele desejo de extravasar com alguém — "Você não sabe o que me aconteceu!" —, que, rapidamente, migrou para o pensamento: "Isso é muito sério!" E se realmente a última coisa que o indivíduo quisesse fosse se casar? Seria esse um crime contra a liberdade individual? Estaria eu praticando ou sendo cúmplice de falsidade ideológica? Que recursos tem um morto para proteger a sua autonomia?

Afortunadamente, eu tinha um mestre para assuntos ocultos. Em situações como essa, parafraseando o filme *Ghostbusters*: "A quem você vai apelar? A reb Zalman!"

Reb Zalman Schachter Shalomi será um personagem recorrente em muitas de nossas histórias fantásticas. Fundador de uma nova denominação religiosa no judaísmo, ele foi uma pessoa iluminada, porque sempre tinha "um pé aqui e outro lá". Formado por uma ala ultraortodoxa, reb Zalman, contudo, se deixou impactar pelos anos 1960 e suas revoluções. Assim é que, com um pé na tradição e outro na vanguarda, se tornou também um apreciador de todas as religiões. Enquanto alguém que fazia parte da linhagem chassídica, reb Zalman trançava bem assuntos da realidade e da irrealidade, do natural e do sobrenatural. Não havia qualquer dúvida: Reb Zalman era o cara para me aconselhar na questão.

Como imaginei, reb Zalman não esboçou nenhuma surpresa com a minha questão. Na realidade, ficou superempolgado com o caso. Recompondo-se, então, após a demonstração de aprazimento, disse em tom rabínico e forense: "Temos que encontrar algum precedente, e precisamos criar uma situação em que o 'noivo' não tenha que manifestar sua intenção. Em um par de dias lhe trago alguma sugestão."

E assim foi. Reb Zalman sugeriu que o casamento fosse tratado como um *fait accompli*, um fato consumado, em vez de um ato que exigisse alguma forma de deliberação do falecido. Segundo a lei judaica, o casamento se estabelece não apenas por meio de cerimônia, mas também pelo ato de consumação sexual e pela coabitação, que também validam o matrimônio.

Sua sugestão, então, foi que o casamento em questão fosse tratado como uma celebração de algo já concluído e acabado em si, uma formalização do que já era — sem que para tanto se precisasse recorrer ao desígnio do "noivo". A rigor, esse já havia se declarado por meio da ação de viver quarenta anos com a esposa, não havendo, portanto, nenhuma expectativa de reafirmação dos votos por parte do finado. Essa seria a natureza desse casamento *post mortem*.

Além disso, reb Zalman também havia encontrado um precedente real. Logo após a Guerra dos Seis Dias entre Israel e os países árabes, o rabino chefe de Israel disponibilizou e realizou o casamento *post mortem* de várias mulheres grávidas de soldados abatidos no conflito. Para que os rebentos não nascessem, perante a tradição, com a pecha e a caracterização de filhos bastardos, o rabino oficiou então esses casamentos coletivos *a posteriori*.

Munido agora de arcabouço jurídico para adentrar instâncias legais tanto deste mundo quanto do outro, ficava apenas o desafio de como realizar tal evento.

E como tudo se deu? Marcamos no cemitério israelita do Caju, numa terça-feira pela manhã, a dita cerimônia de casamento da sra. Sophie e seu amado. Escolhi esse horário para garantir o mínimo de visibilidade possível ao que estava para realizar, imaginando que nem todos teriam a grandeza para entender aquelas circunstâncias. E lá fomos com um *Minian* — o quórum de dez pessoas que se faz necessário para um matrimônio judaico. Discretamente, para o assombro dos poucos funcionários que de longe observavam, desenrolamos o tradicional dossel, a *chupa*, sobre a noiva Sophie e o túmulo do falecido. Pronunciei em hebraico algumas bênçãos próprias para quem reafirma votos já assumidos no passado, enquanto segurava um cálice de vidro contendo vinho. Ao final, dei a Sophie para beber do cálice, e o restante verti sobre o sepulcro do noivo.

Nosso ritual findou com o estilhaçar do cálice largado ao pé da sepultura, como de costume num casamento judaico.

Era um dia nublado, mas o coração de Sophie agora estava em paz. Logo após a liturgia customizada à situação, os participantes seguiram em silêncio, sem nenhuma dúvida a respeito da legitimidade da cerimônia de que haviam participado. Este mundo e o vindouro pareciam apaziguados por uma pendência desfeita.

Na saída, Sophie agradeceu com um sorriso que expressava: "Você não me decepcionou!" Aquele não era lugar para presentear "as crianças"... E, para além de toda aquela intensa experiência, aprendi também que presentear pode não caracterizar um favor, mas, simplesmente, um afeto.

Ah, sim, claro... E, neste caso, eles viveram felizes para sempre!

*Nossos mestres ensinaram seis aspectos em relação a demônios; em três se parecem com os anjos, em três com os humanos. Com os anjos, eles partilham: 1) as asas, 2) o voar de um canto a outro do mundo e 3) conseguem ouvir o que acontece por trás da cortina [dos céus]. Com os humanos, eles comungam de: 1) se alimentar, 2) procriar e 3) morrer.*

Talmude Hagiga 16a

# A Cabala da Tijuca

Um olhar pode mudar a configuração da realidade. O Moisés bíblico, mergulhado na rotina de pastorear seu rebanho, olhou uma sarça que ardia em fogo, mas não se consumia. Seu olhar contemplativo pinçou da realidade algo que o levaria para a jornada das jornadas. Lá estava eu na precária sala de professores do Colégio Talmud Torá, na Tijuca. Acho que estava um pouco como Moisés, sem saber o que fazer da minha vida. Eu cursava Engenharia na PUC, mas não conseguia enxergar futuro no caminho que trilhava. Sabe aquele sentimento de um pastorear que não leva a lugar algum, como se imerso num cenário medíocre — tal qual em teatros de terceira categoria?

Eu já havia me decidido pela aventura de mudar de profissão. Estava a poucas semanas de empreender a jornada das jornadas, que, no meu caso, era ir para uma Escola Rabínica e trocar a solidez da engenharia pelo insólito mundo simbólico do rabinato. Àquela altura, um jovem de 22 anos, mudar radicalmente de carreira exigia de mim uma convicção diante do mundo que eu não tinha certeza de que possuía. A ambivalência de meus pais foi verbalizada por minha vizinha que, talvez como Moisés, era fanha. Ao encontrá-la com meu pai na escada do prédio, ela perguntou o que eu estava estudando. Meu pai se antecipou e disparou: "Teologia!" Sua tentativa de dar academia e sobriedade ao excêntrico que seria ter um filho rabino só não passou despercebida por mim. E a vizinha logo reagiu: "Mais um geólogo na família!" Aprendi ali que ser fanha na fala também pode fazer de uma pessoa fanha na escuta. Ou seria apenas uma forma inconsciente minha, materializando a vexação do meu pai diante da minha escolha profissional? Sabe lá... Quantos mistérios!

Nesse período de transição, eu dava aulas de História na escola como um "bico" para ganhar meu sustento. De pronto, meu olhar capturou um livro antigo que me chamou a atenção entre os que estavam jogados num armário na sala dos professores ao qual chamavam também de biblioteca. Levantei-me e fui observar o que era aquilo. Era preciso tomar cuidado, porque as folhas do material estavam muito secas. Além disso, parte do papel esfarelava sobre a prateleira e, se pegando aos meus dedos, perdia ínfimos fragmentos.

Comecei a folhear o que aparentava ser um manuscrito. Era escrito numa língua que eu não reconhecia. Não era hebraico e não me parecia árabe. Busquei com os olhos a secretária que ficava num canto da sala e perguntei:

— De quem é isso?

— Aí só tem coisa velha — ela respondeu. — As pessoas morrem e os familiares jogam tudo aí. Se quiser pegar qualquer coisa, vai nos fazer um favor!

— Posso levar mesmo? — quis me assegurar.

— Claro, é bem possível que vá tudo para o lixo — disse ela em tom de desinteresse.

O livro tinha desenhos que pareciam *Kameoth*, uma forma antiga de amuletos, comuns nos trabalhos de cabalistas medievais. Eram quadrados mágicos representando os planetas, associados à proteção e aos desafios do destino. Não sei o que me moveu a levar esse livro, mas o fato é que o coloquei num plástico para proteger os fragmentos que se soltavam e encontrei um cantinho para ele na mala, levando-o comigo quando parti para meus estudos rabínicos em Nova York. Na bagagem, pois, foi o tal livro-amuleto, além, é claro, de muitos receios em relação ao futuro que se alargava.

Cheguei em Nova York tarde da noite, num desses dias de verão de calor úmido. Lembro que havia uma greve de lixeiros, e, além do lixo espalhado por toda a cidade, um odor ácido exalado da sujeira em decomposição adentrava nossas narinas. Estar sozinho naquela Manhattan da virada dos anos 1980 era assustador, pois eram tempos em que a diferença entre os países desenvolvidos e o nosso Brasil parecia abismal. Hoje em dia, é tudo muito parecido em todas as partes. Naquele tempo, por exemplo, havia por lá uma soberba oriunda do uso de aparelhos eletrônicos que ainda não existiam na terrinha; era uma época humilhante para nós, em que até pasta de dente *Crest* era tida como uma iguaria "vinda da Índia". Em todo caso, Nova York era suja e escura e, na época, tinha muito assalto. Do meu dormitório de frente para o Morningside Park, repetidamente eu mesmo via idosos sendo rendidos. Naquela época, ainda se roubavam carteiras!

O táxi me levou até a entrada da Escola e lá me deixou às duas da madrugada. Tive que provar ao guarda que era um novo residente daquele dormitório. Ele me deixou entrar, mas alertou que a chave do quarto estava com o administrador e que eu teria que acordá-lo. É claro que não me livrei do pito que esse último me passou, zangado pelo horário! E, com a minha chave em mãos, caminhei pelo antigo hall onde ficavam as pinturas de todos os ex-presidentes daquela instituição. Seus olhos me seguiam por aquele longo e silencioso corredor de pé-direito exageradamente alto. Finalmente, entrei no meu quarto. Não havia roupa de cama, mas de tão cansado me deitei sobre o colchão e, comedidamente, me pus a chorar.

Passaram-se algumas semanas até que eu me lembrasse do tal pergaminho. Comecei a trabalhar na biblioteca do Jewish Theological Seminary e, num certo dia, alguém me apontou um circunspecto senhor que folheava livros: "Esse aí é o chefe, o *head librarian*, o sr. Shmeltzer!" Ser o responsável por uma biblioteca acadêmica demanda aspecto douto, pensei comigo mesmo.

Na primeira oportunidade em que o vi novamente na biblioteca, tomei coragem e me aproximei. Foi difícil capturar sua atenção: seus olhos fixos no que lia só desgrudaram quando se tornou impossível me ignorar. Ele então ergueu os olhos e, ao cruzar com os meus, ofereceu-me a brecha de que eu precisava: "Tenho um material que trouxe do Brasil e acredito que seja de valor. Gostaria de lhe mostrar." Ele me estudou por alguns instantes. Ainda absorto em seja lá o que estivesse fazendo — e como que saindo de um transe —, respondeu: "Deixe aqui no escritório da biblioteca que depois dou uma olhada." Seu desinteresse foi tão notório que demorei alguns dias para me lembrar de deixar o pergaminho.

Nesse mesmo dia, por volta das 11 da noite, eis que batem no meu quarto com um telefonema para mim. Tínhamos apenas um telefone naquele andar. Corri de pijamas temendo que pudesse ser alguma má notícia. Àquela hora da noite, e para mim, quem poderia ser?! Eu não conhecia ninguém na cidade... Sim, era o dr. Shmeltzer.

— De quem é esse material? — perguntou ele diretamente como se me sondando.

— Material? O livro que deixei para o senhor? — respondi, percebendo que a pergunta era desnecessária. — Por quê? — reagi, lembrando-me do sentimento que tivera meses antes, quando intuí que se tratava de algo importante.

— Este material — ele continuou — pertence a uma coleção de pergaminhos da Turquia do século XVI. É algo muito raro e que se encaixa numa coletânea que temos aqui na Sala de Livros Raros. É um trabalho cabalístico com a descrição de amuletos para as mais diferentes situações, e contém desenhos de *Kameoth* muito raros. Temos total interesse em ficar com esse material e incorporá-lo à nossa coleção! Esse material é seu? — perguntou ele cheio de intenções.

"Estou rico!", pensei já invadido pela culpa, porque aquele material não era exatamente meu... Sim, mas ninguém jamais saberia no Brasil, na escola... Não havia sequer registro daquele material, e muito menos de que eu o havia levado. Não havia o que temer... E, de qualquer forma, iria parar no lixo, racionalizei. Porém, o que saiu da minha boca foi isto:

— Esse material pertence a uma escola no Rio de Janeiro... Mas de quanto estamos falando?

Dr. Shmeltzer me explicou que era valioso, mas que não existia um mercado propriamente dito para aquele tipo de item; teria que ser levado a leilão para uma avaliação. Prometi a ele que iria contatar a escola e que voltaria a informá-lo sobre a situação. E assim fiz. Passados quase dois meses, a escola respondeu que poderiam ficar com o dito material, mediante a condição de haver uma inscrição no pergaminho informando que havia sido doado pela instituição.

Todos ficaram felizes, e o dr. Shmeltzer dividiu em vários anos um valor fictício, designando-me como doador para que eu pudesse descontar dessas parcelas os impostos referentes ao meu trabalho na biblioteca, algo que, tendo em vista meu orçamento limitado, muito ajudou.

Há coisas muito misteriosas na Tijuca, mas, para percebê-las, há que se ter um olhar contemplativo. Não tenham dúvida de que ter viajado com aquelas *Kameoth*, com aqueles amuletos para abrir o destino, foi providencial para um sujeito como eu, vulnerável aos anjos da incerteza e da inquietação.

# Satã na primeira classe

Os amuletos, tenho certeza, me protegeram de uma estocada que veio do "outro lado", termo que os cabalistas utilizavam para falar do mundo dos obstáculos. A palavra Satã deriva da raiz "obstaculizar". Pois é exatamente isso que faz esse anjo — intermediário que é ao fazer manifestarem-se as sombras e as ambivalências que atravancam e obstruem os caminhos da vida. Quanto mais profundos e significativos forem os caminhos, mais embusteiro se torna o "criador de obstáculos", e mais poderes ele possui — é uma força que vem, no jargão cabalístico, do "outro lado".

Na bagagem do avião, portanto, iam os pergaminhos cabalísticos que mencionei anteriormente. Foram eles que me protegeram do que vou contar agora. Eu voava direto para Nova York para começar meus estudos rabínicos, e estava bastante apreensivo com o desafio: era uma nova vida, e num país onde eu não conhecia ninguém. A versão pessimista da Lei de Murphy que diz "tudo que puder dar errado dará!" não é uma verdade estatística, apesar de ser uma representação real do que, com alguma probabilidade, ocorrerá. É claro que, quanto mais expectativa tivermos em relação a um projeto ou evento, mais atentos ficamos em registrar os momentos em que esse possível (dentro de sua humilde estatística) pode se dar. Quando não estamos atentos, muitos momentos em que o "dar errado" não acontece simplesmente nos passam despercebidos.

"Senhores passageiros, aqui é o comandante da aeronave. Informo que o furacão Emily está na região da Carolina do Norte e que teremos que fazer uma escala na cidade de Miami para aguardar até que as condições meteorológicas melhorem."

Tudo menos isso! Em dois dias eu teria que fazer minha inscrição na Escola Rabínica, e ainda tinha várias questões relativas à minha bolsa que precisava esclarecer. Esse novo contratempo traria uma cadeia de inconvenientes, e eu já estava inseguro o suficiente sem ele. Fiquei no hotel por dois dias e, no segundo, não aguentando mais de ansiedade, fui com as malas para o aeroporto. Lá, me deparei com o caos completo diante de centenas de voos cancelados, e, mesmo com a recente reabertura do aeroporto, iria levar dias até que o sistema regularizasse.

Eu estava tão apavorado que comecei a chorar copiosamente na frente do atendente da companhia aérea. Não sei o que deu nele, se compaixão ou se, pensando bem hoje, se tratava de uma grande armação do "outro lado".

— Não fale para ninguém — disse-me ele em tom de cumplicidade —, só tem um único lugar na primeira classe, e estou te dando um *upgrade*! — Eu mal podia acreditar! Saí direto para o portão de embarque, temendo que alguém viesse questionar meu golpe de sorte. A anulação da sorte é um fenômeno conhecido, e nada é mais sofrido do que ter a sorte confiscada.

Sentei na janela da primeira classe tão acolhido quanto um bebê que, no berço, é coberto pela progenitora. Olhava a chuva ainda intensa pela janela, mas com uma sensação de alívio e aconchego. Pensava no meu futuro; imaginava a segurança de casa e do meu país enquanto a tempestade tornava a viagem deste jovem imigrante mais inóspita. Não queria falar com ninguém, apenas ser deixado em paz naquele meu momento tão épico e contemplativo.

Eis que chega a pessoa que sentaria ao meu lado, no assento do corredor. Era um homem grande (acho que mais vultoso do que gordo) que, ao deixar cair o corpo sobre a poltrona, produziu uma reverberação do meu lado. Ele ocupava todo o espaço da já privilegiada poltrona da primeira classe, invadindo ligeiramente, ainda, o apoio do braço do meu assento. Sabemos o quanto essas demarcações podem ser sagradas, ainda mais quando ao seu lado está um estranho!

Logo após se acomodar, retirando o cinto de segurança das costas, senti que ele queria iniciar uma conversa. Olhei pela janela, tentando evitar a interação. A última coisa que eu queria, ali, era entrar num diálogo frugal, vazio. Meu momento era sublime e pessoal. Fiz tudo o que pude para parecer ausente, mas o sujeito era espaçoso: pigarreou, se voltou para o meu lado, soltou alguma interjeição pela metade, enfim: deixou claro que eu não conseguiria sossego até que o atendesse... Beirando a antipatia, tive que conceder uma contrariada atenção à sua presença. Era tudo de que ele precisava.

— Você é de Nova York? — interrogou-me como se tal direito estivesse incluído em seu oneroso bilhete.

— Não, eu sou brasileiro — disse lacônica e conclusivamente.

Como num jogo de xadrez, ele resolveu, então, fazer outra entrada, agora em estilo adivinhatório:

— Vai estudar?

Arrematei com um seco "sim!", em tom de fim de conversa. Ele continuou:

— Que interessante... E você tem família em Nova York?

— Nem família, nem conhecidos — respondi entre os dentes já me voltando para o refúgio da janela.

— Ninguém? — disse ele em tom de falso espanto.

O meu silêncio reafirmava o que eu havia dito sem que tivesse que repeti-lo.

— E vai estudar o quê? — avançou ele, demonstrando que não iria se render tão facilmente às minhas cirúrgicas contestações.

Naquele momento, pensei que dizer a um estranho que estava indo iniciar meus estudos como rabino, além de me expor desnecessariamente, iria abrir novas frentes de curiosidades e perguntas que me engajariam ainda mais nessa interação da qual eu tentava me desvencilhar a todo custo.

— Engenharia Mecânica — disse eu com ares de xeque-mate. O que haveria de mais frio e desinteressante do que uma área técnica e específica?

— Engenharia Mecânica? — repetiu ele com um irritante interesse. Eu não estava mentindo, apenas omitindo. De resto, para se cursar a Escola Rabínica era preciso que se concluísse algum grau acadêmico. Há mais de dois mil anos, persiste esse costume de rabinos possuírem outra profissão como atividade de sustento. Os rabinos eram sapateiros, carpinteiros, médicos ou agricultores; era uma forma de evitar que a tradição e o saber se tornassem uma mercancia. E assim se procede até os dias de hoje. O Seminário exigia outra graduação como formação anterior aos estudos rabínicos. Como eu já havia avançado bastante nos estudos da Engenharia, consegui, de forma excepcional, que a Universidade de Colúmbia aceitasse meus créditos tupiniquins para que pudesse concluir a minha graduação concomitantemente ao início dos estudos rabínicos.

— Em que universidade? — retomou ele com renovado entusiasmo. Percebi que havia cometido algum equívoco, mas não entendia exatamente onde.

— Universidade de Colúmbia... — respondi desconfiado. Ele então exclamou com o assombro típico de uma coincidência.

— Não acredito! Eu conheço todo mundo no Departamento de Mecânica em Colúmbia. O próprio reitor é meu amigo pessoal! Faço questão de escrever uma carta de recomendação para ele! — disse já buscando caneta e papel.

O avião já havia decolado. Ele desdobrou a mesa e pôs-se a escrever uma longa carta para o tal reitor. No texto, ele pedia que me ajudasse no que fosse possível e me apresentava como um amigo pessoal dele. Claro, comecei a ficar curioso sobre quem era aquele novo e inoportuno amigo. Enquanto terminava a carta, começou a me contar sobre ele:

— Eu sou vice-presidente da General Electric. Meu jato privado teve problemas por conta do furacão, e tive que pegar esse voo comercial. Eu tenho faro para essas coisas... Sabia que havia uma razão para este tipo de inconveniente! — Ele parecia seguro de algum quebra-cabeça que havia desvendado.

"Sabe, eu gosto de pessoas como você!", disse ele, deixando-me confuso em relação à sua linha de raciocínio. Que mérito teria eu para suscitar tamanha empatia? Mas ele prosseguiu: "Gosto de pessoas corajosas, que não têm receio de enfrentar um novo país, uma nova cultura, e ir de peito aberto rumo aos seus desafios. Este é o espírito da América! E sabe o que mais?", interrompeu ele, como se prestes a surpreender até a si próprio! "Eu vou te dar o teu primeiro emprego aqui na América!" E repetiu isso já sacando do bolso um cartão comercial: "Este é o meu cartão pessoal... Aqui tens o meu contato; o de baixo é o da minha secretária Sandy. Assim que você se organizar, procure-a e peça para falar comigo, dizendo que é o 'rapaz do avião'. Faço questão de te dar o primeiro emprego, e isso já está fechado!"

Comecei a sentir algo macabro, sinistro. Aquilo era o oposto impossível da Lei de Murphy. Quantas pessoas sonhariam com um padrinho e protetor como aquele! Mas, para mim, ele não tinha nenhuma serventia. Comecei a desconfiar desse capricho do destino. Comecei a imaginar que escolhas como a minha, isto é, a escolha pelo sagrado e pela busca por estudos no campo do espiritual, talvez ficasse exposta, mesmo, àquele tipo de provação. Seria ele um "mensageiro" enviado para me confundir? Para me tirar do caminho oferecendo mercês satânicas? Seria essa uma sedução para obstruir caminhos? De pronto, uma certeza se impôs, como uma espécie de evidência: É claro que Satã viaja na primeira classe!

Pode ser que tudo aquilo se devesse àquele momento em que eu estava muito sensível; a verdade, porém, é que aquela interação foi muito propositada. É certo que ela foi suscitada por eventos acidentais gerados pelo furacão, mas o que parecia, isto sim, era que muitas peças haviam sido juntadas para formar um desígnio, um plano.

Aquele sujeito, sua aparência, sua lábia, seu entusiasmo excessivo me traziam uma sensação demoníaca. Não é de se excluir, também, que talvez pudesse haver alguma malícia da esfera da sexualidade, um interesse ou atração pelo jovem desprotegido — mas que eu não decifrei por esse foro.

Situada nos limites entre o real e o sobrenatural, é possível que minha identidade ainda ingênua tenha entendido o episódio pelo viés equivocado. Por outro lado, como neófito de uma tradição espiritual, a minha interpretação não era tão fora do escopo. E foi assim que li aquele evento. Afinal, o oculto e o extranatural estão sempre no cruzamento entre o factual e o imaginário. Isso não é charlatanismo ou truque, mas, como já foi dito, a confluência de realidades paralelas.

A carta ao reitor, eu a guardei e nunca utilizei. Quanto ao cartão comercial com os contatos do meu anjo obstrutor, eu o mantive por muitos anos. Frustrado, Satã nunca recebeu um chamado de sua secretária sobre um tal rapaz do avião. Com certeza, foram as *Kameoth* — os amuletos que eu trazia na carga do avião — que me protegeram. Afinal, não eram talismãs para garantir o caminho? Antídotos para os obstaculizadores? Sempre ouvira que a malignidade da obstrução não está em interditar o caminho, mas em enfeitiçar conduzindo para o caminho equivocado. Além disso, a ação desse anjo ocorre sempre por estratégias de favorecimento muito mais do que pelo ato de criar empecilhos explícitos. Pois não é que se atrapalha muito mais fazendo seguir por veredas erradas do que pelo simples artifício da interdição? As escolhas erradas são bem mais disruptoras do que os desafios de eventuais bloqueios. Um nos trava, o outro nos leva para longe.

Um terceiro observador poderia contar esta história diferente, mas foi assim, com arrepios e assombros, que ela se alojou na minha memória. Sensibilidade ou fantasia? Esta é a pergunta que não quer calar nas zonas crepusculares!

*Quando duas mulheres sentam numa encruzilhada, uma de um lado e uma do outro — olhando uma para a outra —, é evidente que estão realizando feitiçarias. O que fazer? Se você estiver com outra pessoa, deem as mãos e, sem olhar, digam: "Agrat, Ozlat, Uzia, Beluzia foram extintas com uma flecha escura!"*

Talmude Pes. 111ª

# O Bar Mitzva Poltergeist

Os ritos de passagem existem para marcar os entroncamentos existenciais mais importantes. Sua função é abarcar os sentimentos e sentidos que despontam nessas ocasiões. Patrick (nome fictício) aparecia na minha agenda com a seguinte observação da secretária: "*Bar Mitzva*, serviço da manhã de 14/11/1987, parashá de Vayera" (o trecho da leitura semanal da Torá, do Pentateuco, que caberia ao menino preparar).

Era um dia comum, e eu já tinha feito algumas entrevistas corriqueiras. Recebia pessoas com problemas no casamento ou com questões com os filhos; pedindo orientação sobre litígios ou sobre doenças; enfim, aquelas coisas ordinárias da vida que, para quem as vive, são sempre extraordinárias. E assim me preparei para receber Patrick e seus pais para um primeiro encontro de *Bar Mitzva*. O *Bar Mitzva* é a cerimônia de maioridade que os meninos realizam aos 13 anos, e as meninas — com o "*Bat Mitzva*" — aos 12.

No entanto, se há algo que não é ordinário é justamente um *Bar Mitzva*. Para um menino, atuar dentro da tradição, que lhe exige cantar e realizar rituais diante de uma plateia constituída de família nuclear, família ampliada e amigos — e num único espaço —, não é pouca coisa. Para além dos desafios da celebração em si, essa é a fase da puberdade, ou seja, da mudança de voz, da adequação a um corpo em crescimento acelerado e, internamente, da adaptação a uma nova temporada hormonal. Por tudo isso, não é incomum que nesses períodos de transição se manifestem turbulências psíquicas e sociais.

A porta se abriu e, junto com a minha secretária, entraram os pais do menino. E, diferente do que era costume, esse último não entrou. Os pais se adiantaram, argumentando que gostariam de conversar comigo antes que eu o convidasse a participar. Aceitei as condições com certa curiosidade. O pai, então, tomou a palavra e disse:

— Rabino, quisemos falar-lhe antes do Patrick entrar porque estamos tendo dificuldades com ele. Não são questões triviais, e não sei muito bem como lhe apresentar isso... — E, se recompondo na cadeira, prosseguiu: — Bom, têm ocorrido eventos muito estranhos em nossa casa, e nós achamos que eles estão relacionados com o Patrick.

— Eventos de que tipo? — fui logo interrompendo.

— Eventos sobrenaturais... Quebra de objetos, copos e muitos episódios inexplicáveis — disse o pai abalado, prestando atenção à minha reação.

— Mas por que vocês associam isso ao Patrick?

— Por quê? Porque isso costuma acontecer justamente quando ele chega nos lugares. Tem sempre a ver com ele. Nós já nos acostumamos, apesar de estarmos muito assustados. Achamos que, talvez, esse momento de *Bar Mitzva* possa trazê-lo para mais próximo da religião e do sagrado, fazendo isso tudo cessar. Queira Deus!

— Vamos por partes. Como está o Patrick na escola? Como é a vida dele?

A mãe interrompeu pela primeira vez:

— Ele é muito fechado, rabino. Tem poucos amigos e é muito difícil convencê-lo a sair, a fazer atividades físicas etc. Ele é muito tímido e reservado. Estamos com muita esperança de que sua conversa com ele e a preparação para o *Bar Mitzva* o ajudem a superar isso. Para nós é muito difícil. A empregada está apavorada e quer ir embora. E eu ainda tenho o menor, o Alan, que é temporão, tem três anos. Mal consigo dar conta, estou superpreocupada!

— Que tipo de situações já ocorreram? — perguntei, tentando esconder minha incredulidade.

A mãe tomou a frente novamente:

— Quando ele fica zangado, por exemplo, as coisas quebram ou se mexem. Um dia, uma xícara se partiu na minha mão; os vidros e as paredes da casa racham... As coisas simplesmente trincam. Elas se quebram, rabino! Eletrodomésticos queimam, lâmpadas explodem. Isso nem é o mais importante, mas o fato é que estamos tendo um prejuízo enorme e não sabemos o que fazer. Já o levamos para psicanalistas, terapias de relaxamento, e nada adianta!

O termo *Poltergeist*, do idioma alemão, é traduzido como fantasma barulhento (*poltern* = barulhento; *geist* = fantasma ou espírito). *Poltergeist* se refere a fenômenos sobrenaturais em que luzes surgem do nada; deslocamentos de objetos acontecem; anormalidades se sucedem em instalações elétricas e telefônicas; ruídos são ouvidos; brinquedos funcionam mesmo sem baterias ou pilhas; entre outros. Acredita-se que o foco dessa perturbação seja oriundo de uma criança na fase da puberdade, em geral do sexo feminino. O termo *psicocinesia*, das palavras gregas *psyché* (alma) e *kinein* (mover), é utilizado para se referir à faculdade extrassensorial que faz com que a mente possa atuar diretamente sobre a matéria.

Subitamente, despertei para o mundo real: "Não, não pode ser. Eles estão impressionados, tenho que manter a compostura", pensei comigo. "Sou um rabino, e estão aqui num momento difícil. Não posso embarcar nessa narrativa!" É claro que havia algo acontecendo e que eles precisavam de ajuda. Porém, nunca coloquei o sobrenatural como primeiro item no campo das possibilidades. Tudo apontava para o quadro geral de um menino com problemas e questões típicas daquela etapa da vida. Uma boa conversa com Patrick, e eu saberia encaminhar as coisas para que pudéssemos aproveitar a ocasião do *Bar Mitzva*, oferecendo-lhe um importante apoio.

Pedi então que me deixassem conversar sozinho com o menino. Os pais se entreolharam com alguma resistência, mas cederam. Eles saíram e Patrick entrou. O menino entrou com a cabeça baixa e se sentou na cadeira em frente à minha mesa; e assim ficou, sem trocar sequer um olhar comigo.

Armei minha fala e, antes que pudesse me apresentar e cumprimentá-lo, ouvi um som seco de tilintar. Consegui voltar meu olhar com rapidez suficiente para testemunhar o que acabara de acontecer: dois de meus diplomas pendurados na parede lateral da sala trincaram na diagonal, de vértice a vértice. Eu já teria certeza suficiente para afirmar que o vidro não estava trincado até aquele momento, caso não tivesse eu mesmo testemunhado aquilo. Mas eu testemunhei. Foi uma rachadura que avançou em ambas as molduras, até um vértice encontrar o outro. Era como se houvesse uma pressão nas pontas dos dois quadros, fazendo com que o vidro não resistisse.

Um silêncio misterioso se produziu. O menino nem sequer olhou. Esperei alguns instantes para ver se ele confirmava o ocorrido, mas nem um movimento, nada. Confesso que fiquei assustado. Não exatamente com o terror do evento, que por si só parecia sobrenatural; mas com a situação que eu tinha diante de mim. Fiquei carente de alguma outra testemunha ocular com quem pudesse dividir um "você viu isso?".

Já que ele não me oferecia essa parceria, resolvi abrir a conversa sem mencionar o incidente.

— Oi, Patrick, eu sou o rabino Nilton Bonder, que vai estar com você neste preparativo para o seu *Bar Mitzva* — disse eu, imaginando o que ele poderia estar pensando.

Ele balançou a cabeça afirmativamente, sem olhar para a minha direção. Esbocei algumas outras frases, tentando explicar o que faríamos e como seria o processo. Agora, nem o acenar de cabeça eu conseguia mais. Tentei de todas as formas entabular alguma conversa, sem êxito. Busquei ser empático com o silêncio. Fiz algumas perguntas sobre como ele se sentia, e nada: ele não se afetou.

Acolhi o silêncio, e assim fiquei em sua companhia por alguns intermináveis minutos. Em dado momento, numa primeira ação independente, ele me fitou com severidade. Perguntei se estava zangado. Não respondeu. Eu nunca tinha me sentido tão desarmado e desprovido da possibilidade de adentrar tão cerrada armadura. Perguntei se gostaria de dizer algo; se estava em desacordo com realizar o seu *Bar Mitzva*; se havia algo que eu pudesse fazer por ele. Nada. O menino permanecia impassível. Vencido, avisei que iria convidar seus pais a entrarem. Quando me levantei, ele falou:

— Eu vou fazer! — E retomou o olhar voltado para o chão.

Os pais entraram e notaram de imediato os diplomas trincados. Eles se entreolharam, mas não me disseram nada. Contei-lhes que Patrick havia me dito que faria o *Bar Mitzva*, e comecei a me endereçar a eles como se estivesse falando com o menino. Expliquei que tinha uma professora que era muito legal, que teríamos um ano inteiro para fazer tudo com calma etc. E, olhando fixamente para os pais, acrescentei:

— Estamos há um ano da cerimônia. É um ano muito intenso para os meninos, eles se modificam profundamente ao longo deste período; Patrick vai crescer muito, tenho certeza!

Na primeira oportunidade, Patrick saiu da sala, nos permitindo novamente falarmos em tom mais baixo.

— Eu sei — disse com cumplicidade aos pais. — Minha sugestão é não darmos demasiada atenção a esses fenômenos. — Adentrar aquela esfera (apesar de estar claro para mim que ela existia e que, de alguma forma, poderia ser de meu interesse pessoal) não considerava o Patrick. Contei a eles a história chassídica de pais que trazem seu filho problemático e rebelde ao rabino, e este lhes aconselha a "amá-lo ainda mais!". — E amar mais "é dar mais atenção" — falei olhando nos olhos da mãe.

Por fim, os acalmei, considerando que tínhamos dois grandes aliados: uma professora superamorosa e o tempo. É evidente que eles deveriam continuar com a ajuda de uma terapia, mas era importante, também, que não usassem o espaço religioso para resolver problemas da ordem do além. Sermos parceiros nesse sentido e nos ajudarmos nos problemas que pertencem a esta instância, ou seja, a este mundo, seria bem melhor do que sair abrindo portas para o oculto.

Quando estamos falando de nós mesmos, de nossas vidas, talvez queiramos nos aventurar por significados da ordem do sobrenatural. Porém, quando se trata da vida de uma criança, é uma irresponsabilidade trazermos profundezas simbólicas ou esotéricas sobre as quais não temos entendimento. E, de verdade, não me pareceu que estávamos lidando com um emaranhado de situações de vidas passadas ou com seres de outra dimensão. Patrick, isto sim, parecia perturbado; enredado em emoções psicofísicas que costumam ocorrer justamente nesse período da vida. Não é à toa que fenômenos *Poltergeist* são tratados como uma categoria à parte, atrelada à puberdade.

E assim foi. Como imaginei, a professora criou um vínculo superforte com o menino e, decididamente, foi muito importante para a sua mudança. Podemos dizer que, assim como a água é o solvente universal, o tempo é o elucidador universal: o *Bar Mitzva* transcorreu normalmente e Patrick se comportou como esperado. Estava mais alto e falante; havia se transformado radicalmente em comparação com o menino sisudo e sombrio que havia adentrado a minha sala.

Duas coisas, no entanto, chamaram a minha atenção. No meio da cerimônia, um gato apareceu do nada e andou sobre os tubos do velho órgão da sinagoga. Todos acharam aquilo curioso e "bonitinho", enquanto eu trocava olhares com os pais.

Mas a segunda coisa ninguém viu: eu estava virado para o lado do público, o qual não preenchia todas as fileiras do primeiro andar da sinagoga; e no mezanino onde estavam algumas babás conversando e cuidando de crianças, uma delas não percebeu quando um bebê (cujo rosto apoiava-se passando por cima do seu ombro) regurgitou. Eu vi aquele jorro de golfada cair no primeiro andar e se estatelar nas cadeiras vazias de uma das filas de trás. Ninguém vira nada, nem a babá, pois estavam todos virados para a frente.

Mas por que achei aquilo estranho? Não acho que foram associações com filmes do tipo *O exorcista* que me assombraram. Pelo contrário, acho que foi a sensação física da vida — que em crianças conhecemos tão bem — de rejeitar, de vomitar, como um ato reflexivo, desde as profundezas das nossas entranhas. Na verdade, aquilo me pareceu uma representação mais adequada do fenômeno *Poltergeist*.

Porém, o olhar daquele menino na minha sala, eu nunca mais vou esquecê-lo: sua intensidade era tão avassaladora e de tal forma opaca que retratava requintadamente o fosco e o turvo da alma de Patrick naquele momento de sua vida. *Mazal tov!*\*

---

\* Em tradução literal: "Um bom destino!" – frase usada para congratular e abençoar nos momentos importantes de nossas vidas.

*Rav disse a rabi Chiya: "Eu vi um árabe pegar uma espada e cortar o seu camelo ao meio. Logo depois ele bateu num pandeiro e o camelo se levantou inteiro, sem corte!" Rabi Chiya perguntou a Rav: "Mas saiu sangue ou esterco quando ele cortou?" Rav respondeu: "Não, não havia!" Rabi Chiya disse: "Já que não havia, deve se tratar de uma ilusão de ótica!"*

Talmude San. 67b

# *Operando com o dr. Fritz*

Alexandre me ligou com voz cavernosa. Não ficou claro para mim se era pela natureza da conversa ou se ele evitava que alguém o escutasse. Eu sabia que ele estava com problemas de saúde, mas não tinha maiores detalhes.

— Nilton, estou com um problema... Tenho um tumor maligno no pescoço, rapaz. Estou apavorado... Fazendo um monte de exames para operar. Estava pensando numa coisa, e acho que você é a pessoa certa para me ajudar.

— Alexandre... O que estiver ao meu alcance, amigo. Como posso te ajudar?

— É o seguinte: eu até já fiz contato com o cara. Você já ouviu falar do dr. Fritz? O médico que realiza operações espirituais?

Dr. Fritz era então um personagem conhecido dos brasileiros. Veio a público pela primeira vez na década de 1950 por meio de um médium chamado Zé Arigó; este realizava atendimentos médicos e cirurgias espirituais enquanto falava com sotaque alemão, afirmando canalizar um espírito denominado dr. Adolf Fritz — um médico alemão falecido na Primeira Guerra Mundial. Desde então, outros indivíduos se apresentaram como incorporando o tal dr. Fritz.

— Já ouvi falar...

— Pois é. Esse é um médico do Recife. Não sei se já ouviu falar dele... É médico mesmo, e me disseram que o cara é bom. Já fiz contato com ele e pareceu ser gente boa. Estou combinando de ele vir aqui para o Rio especialmente para me atender. Estou pagando uma grana, mais a passagem e a hospedagem. Você acha uma ideia maluca? Estou morrendo de medo, mas o cara é médico também, então não vai fazer nada de errado, eu acho.

— Alexandre, eu não o conheço... É claro que entendo a sua preocupação, mas você não vai largar a medicina e apostar só nisso, vai?!

— Não, claro que não. Mas estou apavorado com a cirurgia e várias pessoas me disseram que esse cara é bom! Resolveu o problema da cantora Alcione, que era idêntico ao meu. Eu vou fazer tudo direitinho e seguir com os preparativos para a operação, mas nesta quarta agora o cara está vindo para o Rio.

— Depois de amanhã?

— Sim... Tem que ser rápido, porque já está tudo encaminhado para me operarem. Mas então... Eu também estou com medo dele. Queria alguém de confiança para estar junto e me ajudar nessa história. Não falei nada para a minha esposa. Ela não ia aceitar e, no fim das contas, só ia me deixar com mais dúvidas... Então resolvi correr, nem vou avisar para ela. Mas preciso de alguém ali comigo! Daí pensei em você... Você viria comigo? Nesta quarta de manhã?

Fiquei apreensivo: "Vai que acontece algo...?", pensei. Além disso, ocorreu-me que aquilo poderia ser ilícito perante a medicina; ou que eu, por ser rabino, me envolveria num ato com demasiadas implicações religiosas e de fé. Por fim, havia uma explícita proibição no judaísmo no sentido de não recorrermos a magos e curandeiros. É bem verdade que existem passagens no Talmude em que se permite o recurso a qualquer tratamento, quando se trata de situações de ameaça à vida.

No entanto, numa conhecida passagem em que Ben Dama é picado por uma cobra, ele entra em discussão com seu tio rabi Ishmael que, por sua vez, diz ser proibido buscar ajuda de curandeiro, por tal coisa ser uma forma de idolatria. Ben Dama suplica ao tio: "Ishmael, permita que eu seja tratado por esse homem; depois trago provas de que isso é permitido pelas Escrituras!" Mas ele não teve tempo para terminar sua fala e morreu. Rabi Ishmael, então, declara diante de seu corpo: "Quão afortunado és tu Ben Dama que teu corpo partiu puro e a tua alma intocada, sem teres transgredido as palavras de teus pares: *'Aquele que rompe a cerca há de ser mordido por uma cobra!'*"(Eclesiastes 10:8)

Ao comentar o fato, é curioso que o próprio texto do Talmude reconheça uma ironia presente na história: "Mas ele já não foi mordido por uma cobra?!" Claramente, o texto traz a ambiguidade que a questão apresenta ao expor discussões intelectuais que não atendem à premência de um moribundo. Além disso, as serpentes simbolizam as racionalizações da mente humana, frequentemente em favor da indulgência para com as transgressões... Subitamente, voltei de meus pensamentos e respondi:

— Ok, mas como seria isso?

— Ah, que bom! Você não sabe o que isso significa para mim!

Minha mente pensou: "Significa que um rabino está endossando seu ato e que você está livre de qualquer culpa, já que tem essa validação!" Eu não tinha dúvida de que o estatuto da minha presença não seria apenas o de pessoa física, mas também o de pessoa jurídica. E foi com tudo isso me incomodando que continuei escutando e participando do esquema.

— Então, pensei que poderíamos pegá-lo no aeroporto, você viria comigo... Daí vamos para o hotel que reservei para ele. Peguei um quarto para fazer a minha operação. Depois, ficaria lá descansando um pouco, até poder ir para casa. Você ficaria ali comigo o tempo todo. Vou me sentir mais seguro tendo você comigo. Puxa, você não imagina o que isso significa para mim. Não tenho como te agradecer!

Depois de desligar o telefone, fiquei com a ambígua sensação de estar sendo enredado por Alexandre e, ao mesmo tempo, solidário a ele. Tinha a consciência de que se algo saísse errado, eu estaria em apuros tanto do ponto de vista legal — por participar de um ato de charlatanismo —, quanto do ponto de vista religioso — por avalizar a polêmica questão de se buscarem tratamentos espirituais em casos como esse. De resto, era o "contentamento" de rabi Ishmael com a morte de seu sobrinho (que perdera a vida, mas preservara sua integridade imaterial) bem presente ali na minha consciência.

Mas o fato é que, numa linda manhã de novembro, pegamos o dr. Edson Cavalcante Queiroz no aeroporto e rumamos para um hotel cinco estrelas na orla de Copacabana. Alexandre me apresentou ao médico recifense como sendo seu rabino. De pronto, uma primeira tensão: dr. Edson não sabia o que era um rabino, nunca tinha ouvido essa palavra! Fiquei apreensivo com aquilo. Como é que um médico nunca ouvira falar de um rabino?!

Entramos no quarto e o (ainda) dr. Edson pediu para Alexandre se deitar na cama e meditar. Ele foi até o banheiro e lá mesmo começou a tirar coisas de sua maleta de couro, bem ao estilo "médico anos 1980". Alexandre estava lívido, ou amarelado — com as cores que cromaticamente caracterizam o medo. Alexandre olhava para mim várias vezes, dizendo em voz baixa:

— Cara, tô morrendo de medo! — E eu tentava acalmá-lo como se tivesse alguma segurança naquilo que estávamos fazendo...

Finalmente, dr. Edson entrou no quarto e disse para Alexandre:

— Vamos começar. Você vai ficar aí bem quieto, que vamos te anestesiar. Eu vou pedir ao rabino, é rabino, né?!, para me ajudar na concentração. — Alexandre obedeceu como se atendendo a ordens do outro mundo. E, pálido como estava, começou a se tranquilizar assumindo uma serenidade cadavérica. Fiquei assustado e me senti dentro de uma sala cirúrgica tomada pelo odor do éter que o dr. Edson (ou Fritz) esfregava nas mãos. Acho que era ainda Edson, porque ele logo me disse: — Rabino, vamos rezar para que eu possa incorporar.

Aguardei direcionamentos, mas estes não vieram. Ele começou a recitar, ou quase cantarolar, alguns hinos. Eram de conteúdo cristão, tendo em vista as várias menções a Jesus que se repetiam. Fechei os olhos e, com a melhor das intenções, tentei abrir caminho para que uma bênção se instalasse em favor do meu amigo Alexandre.

Essa agonia demorou uma boa meia hora. Alexandre estava estático. Considerando que pouco tempo antes ele estava literalmente em pânico, confesso que aquilo me impressionou. Ele parecia realmente sob efeito de anestésicos.

De repente, o doutor (deixemos assim indefinido) começou a bufar e fazer movimentos espasmódicos. Seu olhar ficou arregalado e começou a pronunciar frases bem sintéticas.

— Vamos começar! — E, ficando de pé, ordenou: — Você me ajuda!

Estava apavorado, mas tive forças para permanecer senhor de mim. Tirei então do meu alemão:

— *Ich weiß nicht, ob ich helfen kann!* [Não sei se eu posso ajudar!]

Por dois anos estudei alemão; e foi uma tragédia, porque nesse período eu estudava iídiche pensando que estudar ambas as línguas conjuntamente permitiria que o aprendizado de uma favorecesse o da outra. Afinal, o iídiche é um dialeto do alemão! Ledo engano. Uma coisa atrapalhou a outra: eu ia para a aula de alemão no Berlitz do Leblon e, quando ia falar, saía uma construção do iídiche que provocava olhares estranhos do professor. Não eram erros propriamente ditos, mas formas antigas e caipiras de falar. No entanto, posso dizer que guardei algo de ambas as línguas.

Dr. Fritz (imagino que já era ele!) me olhou com estranhamento. Fiquei com medo. "Será que ele percebeu o meu iídiche?", pensei comigo. Não, ele claramente não entendeu o que eu dizia. Devo confessar que me senti um pouco empoderado num primeiro momento, mas as dúvidas logo retornaram. A primeira dúvida, é claro, era se aquele sujeito seria um impostor, um charlatão prestes a colocar a vida de Alexandre (e a minha reputação) em risco. A segunda era sobre questões linguísticas no além: seria possível que o dr. Fritz não soubesse mais seu idioma natal? Ou será que se incorpora sempre na língua própria do incorporado (diferente do judaísmo ou da missa, que não acompanham o vernáculo local?) Ou ainda: estaria o dr. Fritz se negando a jogar esse jogo de descrente que ele teria percebido na "isca" que eu lancei? No momento, optei por essa última possibilidade.

Acho que fiz isso porque ele me inspirava medo. Tinha o rosto todo contraído. Não havia sorriso ou gentileza. Tudo era brusco.

— Pega o estojo — disse ele interrompendo os meus pensamentos. Peguei. — Abra! — Eu abri. Dentro, havia agulhas enormes, com a cabeça semelhante àquelas tachinhas que colocamos em mapas para marcar uma localidade.

Ele pegou o estojo das minhas mãos e tirou uma das agulhas. Em seguida, aproximou-a do pescoço de Alexandre, imagino que na região onde estaria o tumor. Então, espetou levemente a agulha no pescoço dele como se fosse iniciar uma sessão de acupuntura. A agulha, porém, era enorme e grossa. Forçando e empurrando a pele do pescoço, ele a pressionou a ponto de ali se formar uma discreta gotícula de sangue.

— Aperta aí! — disse ele para mim.

Sabe quando você percebe que se meteu numa enrascada? Fiquei pensando em como poderia sair dali... E se acontecesse algo de errado? Agora, eu estaria inegavelmente envolvido. Olhei para Alexandre com aquela agulha enorme forçada sobre seu pescoço. Ele estava sereno, indiferente a tudo o que acontecia. Eu tinha receio de atrapalhar um processo tão importante para Alexandre, mas é claro que também temia que se machucasse. Teria ele me chamado com a expectativa de que fosse protegê-lo? Ou ele esperava de mim a fé que abastecia todo aquele processo?

Foi uma questão de segundos, uns dois ou três, e me vi empurrando a tal agulha. Ela adentrou o pescoço e sorveu aquele início de sangue que aparecera. Estava totalmente enterrada; devia ter uns dez, talvez 15 milímetros, e a pele estava clara. Não havia sequer sinal de rubor. Não me parecia normal que aquele objeto tivesse adentrado o corpo de Alexandre sem que nenhum sinal aparente de ferimento se manifestasse. Mais ainda: não entendia como Alexandre podia estar tão entregue e plácido. Esse ritual de colocar agulhas se repetiu uma dezena de vezes, talvez até mais. Na maioria delas, foi ele quem as colocou, embora de vez em quando viesse na minha direção um "aperta aí!", e eu participasse. Sempre se fazia um silêncio denso nesses momentos, ou seja, na penetração das agulhas que eu manejava.

Dr. Fritz deixou Alexandre com aquela aparência de Frankenstein por alguns intermináveis minutos. Depois começou a tirar as agulhas lentamente e, é claro, me solicitava para remover algumas, como se isto fosse ingrediente indispensável daquela benzedura. Eu também ignorava se alguma "pessoa física" já teria tido antes de mim aquela "honra". Ou se, ao contrário, trata-se de algo que me foi concedido pelo peso do meu título — título este que o doutor conhecera não fazia muitas horas. Confesso que fiquei o tempo todo com a sensação de que ele me zoava, e esperei por um piscar de olho maroto que nunca aconteceu — até porque minha participação bem se parecia com um daqueles números de mágica em que alguém da plateia é convocado para se certificar de que as agulhas não eram dobráveis, ou algo do tipo.

Dr. Fritz sentou-se novamente e, depois de uma série de respirações profundas, foi assumindo sua persona como dr. Edson. A bem dizer, a mesma pessoa parecia outra, ou era outra. No mundo real existia uma única pessoa, vestida da mesma maneira, mas no plano mental uma travessia havia se realizado.

Dr. Edson me avisou que Alexandre dormiria por mais meia hora, mais ou menos; e que ele iria para o seu quarto porque estava exausto da viagem e da cirurgia. Alexandre dormiu um sono de criança e acordou perguntando o que havia ocorrido. Descrevi o que acontecera. Ele parecia muito impressionado que tudo aquilo pudesse ter ocorrido daquela forma — enquanto ele estava ali ausente, abduzido por mera sugestão.

Fui embora depois de me certificar de que ele estava bem. Não havia nenhuma marca em seu pescoço. Ele ficara completamente assombrado e introspectivo com relação a tudo o que lhe relatei.

Dias depois, soube que a operação marcada com os médicos havia sido suspensa. Alexandre refizera os exames. O tumor não havia desaparecido por completo, mas havia se reduzido substancialmente, para a perplexidade dos médicos e de todos nós.

Alexandre está por aí. Vez ou outra, o vejo. Já dr. Edson foi assassinado por seu caseiro dois anos depois, tendo antes disso sido eleito deputado pelo estado de Pernambuco. Não acompanhei mais o curioso personagem para saber se nas formalidades do além quem continua operando por aí ainda é o dr. Fritz; ou se o dr. Edson também teria tido seu diploma reconhecido nas instâncias celestes.

Gracejos à parte, não sei o que vivenciei. A eficácia do procedimento e seu resultado foram assombrosos, isso é inegável. O procedimento e toda a encenação, no entanto, tiveram seus momentos de primariedade, como se eu tivesse participado de um teatro um tanto quanto amador. Ben Doma diria ao tio: "Viu!!!" Ainda assim, talvez esse último mantivesse sua escolha por uma fé focada. Até porque, ironicamente, em nossa finitude, todos nós "já fomos mordidos pela serpente!".

# *Destinos amarrados*

Diz-se que arranjar um *shiduch* — passar-se por um santo casamenteiro — confere um crédito especial nos céus. Essa milhagem deriva do reconhecimento do bônus absurdamente grande que você oferece a alguém quando este encontra um companheiro. É claro que estamos falando do modelo clássico ou antigo, baseado na ideia de se encontrar um par que dure para toda uma existência — razão de ser, aliás, da origem da palavra *shiduch*, que quer dizer "tranquilidade".

Oferecer essa aquietação na vida de uma pessoa pode soar realmente anacrônico. No entanto, é comum nutrirmos sonhos e fantasias acerca da tal cara metade, até porque a busca incessante por parceiros pode ser muito aflitiva. Trata-se de sensações que conhecemos também em outros tipos de escolha, como a do trabalho, por exemplo. Quem não gostaria de se tranquilizar de vez com uma posição definida e definitiva? O fato de, mais à frente, sonharmos em largar o trabalho, isso é outra história.

Márcia era a próxima a ser atendida. Não havia nenhum assunto especificado na agenda para efeito da sua visita. Em geral, minha secretária tenta de todas as formas arrancar informações sobre os agendamentos das entrevistas, mas acaba ficando desarmada quando as pessoas evocam o direito pétreo de se calar dizendo que se trata de algo "pessoal".

Acho que tinha menos de trinta anos. Era uma moça muito bonita. Num primeiro momento, não veio falar de casamento ou da busca por parceiros, pelo menos explicitamente. E foi logo se explicando:

— Rabino, obrigado por me receber. O que me traz aqui é o fato de estar indo morar na Austrália.

— Que máximo! — reagi espontaneamente. — Quando criança, meus pais quase imigraram para a Austrália. Na época estavam superfacilitando a imigração, e me lembro de ir ao consulado com meus pais, bem como da minha mãe tentando me seduzir sobre um possível novo futuro ao mesmo tempo que falava sobre os cangurus.

Márcia sorriu.

— É mesmo...? Estou indo por um período de três ou quatro anos, por conta do trabalho, e, aí, vamos ver o que o futuro me trará... Uma coisa em especial me fez vir hoje aqui: é que estou indo sozinha; não conheço ninguém por aqueles lados e pensei que, se já pudesse sair daqui com uma indicação de sinagoga por lá, talvez isso me ajudasse na chegada. Sabe como é... É sempre bom estarmos integrados numa comunidade... Abre muitas portas.

— Com certeza! Confesso que não conheço pessoalmente nenhum rabino na Austrália. O que posso fazer é olhar aqui num *directory*, isto é, num catálogo do Movimento Conservador que lista todos os rabinos e localidades. Deixe-me ver...

Márcia pareceu um pouco decepcionada. É comum que rabinos ofereçam referências em situações semelhantes, mas eu realmente nunca tinha tido nenhum contato com o judaísmo australiano. Peguei o tal livro com endereços e contatos de rabinos de todo o mundo e busquei por "Austrália".

— Que cidade?

— Melbourne!

Melbourne figurava no livro com várias sinagogas listadas. Minha lista continha apenas as sinagogas do movimento conservativo a que pertenço. Comecei a eliminar por localidade, até que vi um nome que me pareceu familiar.

— Espera aí. Eu acho que esse Denis estudou comigo. Se for quem estou pensando... É uma pessoa ótima. Acho que pode ajudar. A sinagoga é em East Melbourne.

Ela se animou, dizendo que não era longe de onde ficaria. Copiei o nome para ela, mas ainda fiquei na dúvida se aquela era realmente a pessoa que eu pensava que fosse. Seu nome tinha um prefixo de "dr.". Imaginei que se tratasse de um doutorado — título muito comum entre os rabinos, que com frequência o possuem.

Márcia pegou o pedaço de papel em que anotei o nome do rabino e o endereço da congregação em Melbourne. Ela agradeceu e desejei-lhe sucesso. Aquela moça saiu para atravessar oceanos e ir morar do outro lado do planeta. Achei que nunca mais ouviria falar dela. Minha tarde, então, prosseguiu com outras entrevistas que levariam aquela interação um tanto inócua de oferecer serviços de busca em listas telefônicas (predecessoras do Google!) ao total esquecimento.

Lembro-me, no entanto, de que, logo depois que ela saiu, eu fui buscar em outra lista os nomes de ex-colegas e encontrei o tal do Denis, mas o sobrenome era diferente. Deixei para lá, porque o mais importante, ou seja, a missão de entregar uma sinagoga, havia sido concluído de uma forma ou de outra.

Muitos anos se passaram e, numa tarde de entrevistas semelhante àquela — como se o destino tivesse apenas rodado a roleta do tempo e a bola agora estivesse definindo fechamentos —, havia uma Márcia na lista daquele dia. Com certeza, eu não me lembraria dela apenas pelo nome, e não tinha nenhuma razão para achar que a Márcia em questão fosse a mesma de vários anos atrás. Quero dizer: a "mesma" de uma memória que, no mais, eu já não possuía.

Marcia adentrou meu escritório com um largo sorriso.

— Lembra-se de mim?

Confesso que reconheci o rosto, mas não tinha a menor ideia de onde ou de quem se tratava exatamente. Diante da minha hesitação, ela prosseguiu:

— Não se lembra? Eu sou a Márcia que esteve aqui uns oito anos atrás, quando estava indo morar na Austrália... Lembra? Lembra que você me deu o nome de um rabino e um endereço de sinagoga em Melbourne?

Quando ela mencionou a busca na lista dos rabinos, minha memória se refrescou.

— Sim, claro, mas já tem tudo isso, oito anos?!

— Rabino, estou no Rio apenas por alguns dias, visitando a família, mas não poderia deixar de passar aqui e lhe contar a história maluca que aconteceu comigo. Veja aqui...

Ela foi então mostrando fotos dos que pareciam ser seu marido e dois filhos pequenos, estes muito fofos.

— Tudo isso, rabino, é fruto daquela nossa conversa!

— Como assim? — respondi, já imaginando que ela havia conhecido alguém naquela sinagoga e, por fim, se casado e constituído família...

— Então, deixa eu lhe contar a história. O senhor me deu naquele dia um papel, que eu guardei, com o nome do rabino e o endereço da sinagoga. A vida, porém, tem suas prioridades e liberdades, de modo que eu acabei nunca visitando a tal sinagoga. Na verdade, acabei indo morar em outro lugar e a vida seguiu. Meses depois, talvez um ano depois, mais ou menos, fui convidada para um jantar na casa de uma família e conheci um rapaz. Ficamos amigos e a relação progrediu para um envolvimento amoroso. Fiquei namorando esse rapaz, que era médico, por algum tempo; acho que por um par de meses. Um belo dia, rabino... Estou em casa fazendo uma faxina e encontro no bolso da calça o tal papelzinho... Bem aquele que o senhor tinha me dado!

— E o que há de estranho nisso? — perguntei querendo apressar aquela contadora de mil e uma noites...

— Era o nome do meu namorado, rabino!

— Como assim?

— Era o mesmo nome do rapaz que eu estava namorando. Não pude acreditar... E não era um nome comum, para que a simples lei das probabilidades estivesse em curso. Mas pensei: Como pode? O meu namorado não era rabino... Ele era médico! Corri para falar com ele, mostrei o papel e contei a história, dizendo: "Olha que louco! É um homônimo seu!" E para a minha total surpresa, rabino, ele ficou emocionado e disse: "Não... Não é um homônimo, sou eu mesmo!" Ele então me explicou que havia iniciado seus estudos rabínicos, mas que, depois, mudou de carreira e se dedicou à medicina; explicou também que, antes de concluir a sua residência médica, trabalhou como rabino na tal sinagoga.

— Mas você não sabia disso? Ele não te contou? — interrompi tentando juntar as peças.

— Ele me explicou que isso não era mais o eixo da sua vida; que tinha sido algo temporário, um bico, e que acabou não me contando nada sobre essa sua faceta simplesmente por ainda não ter surgido uma oportunidade para falar sobre o assunto. Afinal, estávamos juntos havia pouco tempo, e ele já havia deixado de lado essa parte do seu passado, sem fazer menção a ela.

De imediato, me lembrei do tal prefixo "dr." que havia em seu nome. Como é estranha a mente humana! Eu havia me esquecido da Márcia — que é a protagonista desta história —, mas ainda hoje me lembrava, como um fotograma impresso no cérebro, da listagem com o "dr." naquele nome!

— E aí? — perguntei, retornando dos devaneios do meu pensamento para a realidade... Realidade essa que às vezes se mostra mais ousada do que as próprias fantasias.

— E aí que esse era um sinal! Eu tinha que me casar com essa pessoa. Rabino, eu saí do Rio com o nome dele no bolso. Em outra cidade, encontrei esse homem numa casa aleatória, e o nome dele era o mesmo que o senhor havia escrito naquele papel. Achei isso mágico! Achei que o senhor foi um anjo improvável para produzir um encontro improvável, senão impossível. Casei-me com ele, e nós estamos muito felizes... Este é Paulo, e este, Guilherme — me disse ela docemente apontando para os filhos, na fotografia.

"Eu não tinha como não lhe contar essa história. O senhor fez o *shiduch* quintessencial! Resolveu uma equação tendo apenas variáveis! O senhor me deu o nome do meu marido, que nem sequer conhecia e que morava do outro lado do planeta; e um endereço ao qual, aliás, eu nunca fui, mas os céus cuidaram para que nós nos encontrássemos. Aqui está o papel que o senhor me deu naquele dia!", concluiu ela, mostrando e apontando para aquele pequeno quinhão imaterial, senha capaz de abrir destinos escritos numa tarde monótona da minha rotina.

Depois de um abraço e muitos agradecimentos, ela saiu. Fiquei pensando sobre todos aqueles encaixes. Seria mesmo o destino? E o valor que ela atribuiu a tudo aquilo ao ter desvendado aquela sequência burlesca, como numa chanchada? Não teria sido ela mesma quem costurou o próprio destino no momento que disse: "Então, depois de tudo isso só pode ser esse o cara!" Ou será que existem mesmo "links" fora do plano? Links esses que não enxergamos — razão pela qual não conseguimos juntar todos os pontinhos?

O que mais me deixou pensativo, confesso, foi a potência latente da rotina. Como é possível que um momento tão ordinário e corriqueiro possa produzir dobras no tempo e no destino dessa magnitude? Como pode uma tarde tão sonolenta e um gesto tão trivial impactar a vida, produzindo encruzilhadas de destinos tão radicais?

Esse é o arranque, o torque de que dispõe o presente. E sabe esses momentos costumeiros e comezinhos...? Pois é, eles têm essa potência incubada!

*Na cidade de Pozen, uma família se mudou para uma grande casa de pedras. Nela havia um porão lacrado, e todos respeitavam esta interdição até que, um certo dia, o filho adolescente resolveu destrancar e descer até lá. Ele foi encontrado nas escadas sem vida, e daquele dia em diante demônios invadiram a casa. Objetos começaram a se espalhar, sujeira era jogada na comida e ruídos estranhos atormentavam a família.*

*O Baal Shem Tov foi requisitado para resolver a situação. Ele interpelou os demônios, que disseram ter direito à casa e que trariam a questão ao tribunal rabínico. Apesar de inusitado, o tribunal foi convocado e os demônios expuseram seu caso. Segundo eles, o dono anterior da casa manteve relações com uma linda demônia feminina, e desta união nasceu um filho. Entretanto, em certo momento, a esposa flagrou o marido com a tal demônia. Ela convocou um exorcista para expulsá-los, mas, diante do pedido para que não fossem expulsos e abandonados, o dono concedeu aos demônios que vivessem no porão desde então. Por isso exigiam esse direito.*

*O veredito final determinou que demônios não podiam viver numa cidade, que seu lugar era nas montanhas ou vales e que, portanto, não havia nenhuma reivindicação legal consistente em seu pleito. Um exorcista foi chamado então, e o caso foi encerrado.*

Kav Yakar, rabi Tsi Kaidanover
(fim do século XVII)

# *Talmude e o som do silêncio*

Na toada dos poderes latentes da rotina, conto uma passagem que se deu logo que cheguei aos Estados Unidos para iniciar meus estudos.

Morar numa cidade grande no exterior, e antes da era digital, tinha seus desafios. Lembro-me dos rumores (rumores, em tempos pré-internet, eram informações com menos de sessenta caracteres que "viralizavam" na mesma proporção de sua serventia) sobre um telefone quebrado no campus da Universidade de Colúmbia. Pois, junto desse telefone, se formavam organizadas filas para o ato ilícito de nele se colocar um *quarter* a fim de se obter a liberação de telefonemas ilimitados para o exterior.

Sempre suspeitei que a companhia telefônica fosse conivente com isso, porque não fazia sentido que a clandestinidade funcionasse por tanto tempo sem ser descoberta. Seja como for, é preciso dizer que pessoas que compartilham de ilicitudes são sempre muito civilizadas e solícitas, pois entre cúmplices formam-se rapidamente laços de empatia. Com isso, quero dizer que cada um de nós tinha direito ao seu turno de, no máximo, dez minutos, e todos respeitavam as regras com valoroso senso de urbanidade e polidez.

Eu não conhecia ninguém de fora da escola em Nova York. Isso não era um problema nos dias de semana, quando estava envolvido com os estudos. Nos fins de semana, porém, era difícil. Sem falar em quando algum feriado emendava, e as pessoas viajavam para ver suas famílias ou ativavam suas redes de amizade externas. Não era exatamente solidão que eu sentia (que é mais um estado, uma circunstância da vida), mas um isolamento desses que gera carência e, confesso, um certo constrangimento. Tenho dificuldades com sentimentos de compadecimento. É claro que eu adoro a empatia, mas detesto a comiseração! Ela sempre me bate como uma forma de desdém, de julgamento, ou de rótulo para com a sua sina e condição existencial.

Um compadecido que eu tolerava, no entanto, era um renomado professor — um luminar do Departamento de Talmude, o mais prestigioso numa escola rabínica. Vou tratá-lo por "professor Leonard". Ele era uma pessoa excêntrica. Um estudioso do texto mais clássico do judaísmo, com vários livros publicados, e o decano em assuntos de jurisprudência e ética. Ele era solteiro, talvez um "solteirão", termo considerado estereotipado e politicamente incorreto. Mas é possível que naquele contexto a expressão abrangesse também alguém que faz questão de se apresentar assim e que, pelo menos exteriormente, tem nessa escolha uma parte de sua identidade.

Como quer que seja, tal fama rondava o seminário rabínico. Os ambientes acadêmicos primam por construir personagens, e o dele, confesso, era um tanto incomum. A fama advinha de suas posições políticas, que eram muito conservadoras, sendo ele amigo pessoal do presidente americano de então. Mas o que o definia mesmo era um certo desleixo: estava sempre com migalhas de pão na lapela do terno, ou com a barba deixada ao abandono num canto remoto do rosto, tal qual um quintal mantido por um jardineiro displicente.

Havia também suspeitas sobre sua vida amorosa e conjecturas sobre identidade de gênero. Eram tempos preconceituosos; ou talvez se tratasse de puritanismo acrescido de castas teatralidades e profusos falatórios, muito comuns em espaços religiosos. Confesso que não me passou pela cabeça que pudesse haver alguma motivação suspeita em seu convite para ir almoçar em sua casa, num dos primeiros sábados após a minha chegada. Ele sabia falar espanhol e, diante de um brasileiro numa escola em que não havia nenhuma diversidade, mas apenas americanos e alguns poucos canadenses, tal gesto era uma faceta notadamente inclusiva.

Acho que tudo não passava de imaginação por parte dos estudantes acerca de sua excentricidade. É bem verdade que certa vez eu presenciei uma cena no refeitório: foi quando ele, ao puxar algo do bolso, deixou cair uma ficha de *peep-show* que rodopiou e volteou por todo o salão até pousar desavergonhadamente junto à mesa do *buffet*. *Peep-show* é mais um fenômeno que dá testemunho das várias eras que uma única existência (no caso, a minha) experimenta em tempos de tamanha transformação. Originário do antigo entretenimento que consistia em exibir fotografias ou objetos visualizados através de um furo numa caixa, os *peep-shows* da Times Square se notabilizaram pela exploração pornográfica. Como um Distrito da Luz Vermelha, homens compravam fichas e as utilizavam para assistir a cenas de nudez e sexo. Nada de muito diferente do conceito dos sites pornográficos dos nossos tempos, mas com tecnologia pré-histórica e com a provocante particularidade de se dar de maneira semipresencial, por assim dizer.

Lembro-me até hoje do silêncio que se fez no refeitório até que um aluno fosse até a ficha, a recolhesse e a entregasse ao professor, que não esboçou sequer desconforto.

Fui a alguns desses almoços em sua casa e confesso que eram bem tediosos, com falas sobre professores que eu não conhecia e temas que não me interessavam, tudo regado à luminosidade melancólica do alto entardecer do fim de verão nova-iorquino. No entanto, ele preparava o cardápio com requinte — com itens que ultrapassavam o meu orçamento — e se mostrava genuinamente preocupado com o meu isolamento. Acho que não era só o meu isolamento, mas também a solidão dele, e ambas as coisas se encontravam nesses nossos dois personagens, um começando e outro fechando a vida.

Sua casa era espaçosa, a maior e mais sofisticada entre as que tive acesso naquele período estudantil. Todos os meus conhecidos moravam em dormitórios ou em modestas suítes disputadas a tapa, em geral com aluguéis astronômicos. Sua casa tinha uma solidez própria às casas de professores de universidades americanas, típica de quem ganha mais do que gasta. Aliás, lá se encontravam os precursores do "Mercado Livre": vários catálogos de engenhocas e invenções que podiam ser compradas em grandes magazines — e que iam de pequenas bugigangas a uma sauna portátil muito bizarra que ele tinha no seu quarto de dormir, em frente à cama. Essa sauna era como uma cabine telefônica: tinha espaço apenas para uma pessoa e era ligada na tomada. Quando a vi pela primeira vez, me peguei imaginando como seria o uso daquele estranho dispositivo, mas rapidamente procurei evitar fantasiar sobre cenas como essa. Havia uma indelével tristeza e um desamparo instalado naquela casa.

No mais, foi ele quem me ofereceu o primeiro emprego, que consistia na incumbência de organizar seus livros e pertences que estavam lá no sótão do Seminário. Ao manipular aquelas reminiscências, pude assim reconstituir parte de sua vida até a juventude. Lá encontrei seu *Shas*, a edição completa do Talmude com seus 63 tratados — uma pequena biblioteca de per si. Na época, aquilo custava uma fortuna para mim. Podia ver todas as anotações feitas a lápis pelo aluno brilhante que era Leonard já em sua época de estudante. Certo dia, comentei com ele que tinha remexido os livros em busca de suas anotações, para me ajudar num trecho que estávamos estudando em sala de aula.

— Você não tem seu próprio *Shas*? — perguntou ele entre surpreso e apiedado.

— Não — respondi com a obviedade de quem vivia na penúria.

— Então, pode pegar esse que está lá estragando. É um presente meu!

Eu não podia acreditar. Demorei um par de dias para conseguir descer todos os tratados; desde então os carrego pela vida, de cidade em cidade, de casa em casa — em todas em que morei.

— Se quiser, pode almoçar lá em casa neste sábado...

Talvez percebendo uma ponta de hesitação da minha parte, completou:

— E pode também esticar comigo no encontro de estudos que fazemos todos os sábados à tarde na casa da Sylvia Heschel...

Tratava-se do encontro entre alguns dos maiores eruditos em Talmude de Nova York, talvez do mundo. Eu, um mero neófito, poderia então participar desse douto encontro? Que privilégio! E na casa de Sylvia Heschel, viúva de Abraham Yoshua Heschel, o maior filósofo judeu do século XX! Aceitei de imediato, e o dia tomou ares daqueles em que tudo dá certo, quando você tem a sensação de que os portões celestiais das oportunidades se renderam a você!

No sábado, o almoço foi melancólico como os anteriores, e o passar das horas pareceu uma eternidade. Até que partimos para a casa da sra. Heschel. Todas as minhas expectativas de algo emocionante e arrebatador estavam depositadas naquela chance de estar ao lado dos professores mais respeitados e de me sentir fazendo parte desse círculo tão ilustre. Era um misto entre o desejo de contar para todos os colegas por onde andei e a esperança de adentrar mundos muito sofisticados, que eu sabia que existiam pela cidade.

Entramos no prédio que dava de frente para o Central Park, creio que pelas ruas de número oitenta do Upper West Side. Prédio aristocrático e antigo. A sra. Heschel nos recepcionou na porta e fez alguma festa por conta da presença de um jovem estudante naquela tarde. Todos os sábados aqueles senhores se reuniam para estudar juntos. Havia algumas mulheres, mas era evidente que se tratava ou de suas esposas ou de amigas da sra. Heschel; eu não sabia precisar.

Fiquei logo impressionado: era uma longa mesa e, sentados, uns 12 — talvez 15 — ilustres e veteranos rabinos! Todos me olharam com um misto de alegria (porque minha presença baixava radicalmente a idade média do recinto) e de certo espanto, que se poderia traduzir por: "O que ele está fazendo aqui?" Sorri e busquei responder à pergunta para mim mesmo evocando algum senso de valia. Eles se tratavam como antigos parceiros, fazendo doutas anedotas entremeadas de citações; ou mansamente zombavam um do outro com pegadinhas que misturavam humor e erudição. Tudo isso regado a muito chá, gentilmente reposto a cada meia xícara tomada pela doce sra. Heschel. Ela era pianista, e via-se que aquele não era o seu mundo, mas um legado de seu falecido marido, um gigante no pensamento e no ativismo. Heschel foi amigo pessoal e parceiro de Martin Luther King, e esteve a seu lado militando contra o preconceito e a Guerra do Vietnã.

Eis que anunciaram a página e o parágrafo em que tinham interrompido o estudo no sábado anterior, e começaram a ler e entabular comentários. Eu já não tinha participado do encontro anterior, e o aramaico — língua do Talmude — era lido com a rapidez de quem não lia pela primeira vez. Comecei perdido, e perdido continuei, em relação ao que eles falavam; eu estava como ausente, não fosse o olhar que caía sobre mim, de tempos em tempos, de alguma outra pessoa perdida em algum pensamento.

Quando alguém está explicando ou se expressando, é comum que olhe para os outros para ver como está sendo recebida a sua fala. Quando tal olhar cruzava com o meu, eu era capaz de contar os três segundos que a pessoa levava para estudar a minha feição para, logo em seguida, se dar conta de que eu não deveria estar entendendo nada; então ela me abandonava, tal qual o açucareiro sobre a longa mesa.

A tarde foi caindo e os resilientes raios de sol daquele 19 de setembro iluminavam partes da mesa. Fui sendo invadido por um enfado que virou nostalgia e, logo depois, desalento. Em parte, era porque não estava acompanhando a discussão, mas também por todos aqueles anciãos à minha volta... Sentia um pouco de saudades, além de um senso de desperdício, como se aquele não fosse um lugar para mim — não pela sensação de inadequação de estar entre acadêmicos, mas como se aquilo fosse insuficiente ou equivocado para mim. Não sei bem por que meus olhos ficaram marejados (embora não o suficiente para uma lágrima) enquanto um aperto na garganta e na alma me sufocava.

Tentei resistir, busquei o texto, fixei o olhar em quem falava... Mas não conseguia reagir. Tomei coragem, e logo desisti. Passados alguns instantes, voltei a tomar coragem e sussurrei no ouvido do rabino Leonard que iria descer e pegar um ar na portaria ou no parque. Ele me olhou perplexo, como que dizendo: "Fazer o quê?" — entre a dúvida sobre o que eu ia fazer (e nem eu sabia!) e o espanto por não aproveitar a oportunidade que me concedera.

Eu não estava aguentando de tristeza, e talvez eles tenham entendido que aquele não era o lugar para mim; não achando tão estranho, portanto, quando sem muita explicação me dirigi até a porta. Ou então aquilo não era tão estranho como eu estava vivendo. Pode ser, também, que não estivessem mesmo prestando atenção em mim; ou que tenham se contentado com aquele sussurro para o rabino Leonard — como se ele contivesse todas as respostas para qualquer enigma que pudesse abarcar a minha existência.

Saí pelo corredor como quem está asfixiado querendo respirar algo, e não era ar... Peguei o elevador e, quando apontei no portão que dava para a rua, vi algo que parecia uma cena de filme: centenas, não, milhares de pessoas se deslocavam em frente ao prédio e seguiam em hordas para o Central Park. E não eram pessoas comuns... Era uma multidão composta apenas de jovens; e com um astral incrível, vestidos com adereços coloridos e roupas jovialmente refinadas. Sabe quando as pessoas estão usando roupas de vanguarda, ou seja, peças que possuem estilo (mas não estão na moda), apenas informalmente bem-vestidas? E fazem parte de um grupo ao qual, hipnoticamente, você gostaria de se misturar?

Sair daquele sentimento de "mausoléu" (com todo o respeito aos mausoléus) e me deparar com aquela massa encantadora não podia dar em outra coisa, e acabei abduzido. Comecei a seguir o grupo como se fosse uma marcha apocalíptica, mas não num sentido ruim; ao contrário, era como se fôssemos todos para o céu, algo por aí. As pessoas estavam alegres, radiantes! E eu não sabia para onde iam. Só sabia que queria estar ali no meio delas, já começando a gostar do jogo de me entregar a esse destino misterioso. O alvo ou a finalidade daquela caminhada era irrelevante, porque eu sabia que ela era para o bem. Isso estava no ar e no olhar de todos.

Pois adentrei o Central Park junto com a multidão e fui seguindo aquela "sina" que não era mais pessoal, mas coletiva, comungada. Ouvia sons de alto-falantes e, acho que pelo prazer de estar ali (e pelo contraste de ter acabado de sair de um lugar tão desanimado e impróprio para mim), não perguntei a ninguém para onde íamos ou o que estava acontecendo. De repente, no meio da multidão, se abriu um clarão entre as árvores e pude avistar a Meadow — o grande gramado do Central Park totalmente abarrotado. Eram centenas de milhares de pessoas... Em meio àquele murmúrio de multidão em lugar aberto, do nada fez-se um silêncio sepulcral cortado pela mais doce voz possível: "Hello darkness, my old friend, I've come to talk with you again..."

Eram Simon & Garfunkel abrindo com "The Sound of Silence", o concerto mais messiânico de todos naquele 19 de setembro de 1981. Sentei no gramado e comecei a chorar. Sentia como se minha alma estivesse se expandindo... Como se sob o efeito de alguma droga alucinógena. A diferença de potencial de um lugar para outro era tão grande que eu estava tendo uma embolia espiritual por descompressão. Foi mais que mágico: aquilo foi de uma transcendência tão real que eu simplesmente não conseguia parar de me arrepiar. Sim, com o cair do sol havia um vento de prenúncio de fim de verão, mas o meu arrepio era interno, visceral, e não epidérmico.

Fiquei deitado naquele gramado até as 11 horas da noite e voltei para o seminário. Pensei no que o professor Leonard e todos os demais devem ter achado do meu desaparecimento. Em tempos pré-celular, a vida corria em mistério até o dia seguinte — ou em prazos maiores. Porém, eu não estava nem aí para o que pudessem pensar ou deixar de pensar...

Na volta, caminhei sozinho pelas ruas. As músicas ainda tocavam na minha alma. Tentei explicar para mim mesmo e para o meu mundo interno que o estudo — aquele estudo tão sério e relevante de pensadores de ponta — também era sagrado; que ele era sagrado mesmo sem o "também", isto é, sem ter que ser secundário em relação a nada. Eu tinha a clareza, porém, de que o sagrado tem seu tempo próprio, engastado com o momento existencial adequado e singular. O estudo do Talmude representava os céus, a espiritualidade, e aquele concerto recreativo e de entretenimento, o mundano. No entanto, o pertencimento de nossas almas e seu encaixe com a vida é único e, nesse caso, é possível que o mundano seja transcendente e o metafísico trivial, enfadonho — se de fato não houver aí lugar para a nossa alma.

O sobrenatural pode estar no mais profano e temporal, enquanto que o santo pode ser ordinário e irrelevante. A mágica está no mundo à nossa volta, e as chaves para adentrar o sagrado estão na vida e no inesperado.

# *Potências astrológicas*

Recebi um telefonema da editora querendo fechar a data de lançamento do meu novo livro, *Fronteiras da inteligência*. A editora era a Campus, uma subsidiária da Elsevier — que era especializada em livros com perfil mais técnico e racional. Eles estavam abrindo novas coleções e fazendo lançamentos em áreas de humanas e até místicas, como no meu caso. Acho que foi nesse afã que o editor-chefe me disse:

— Você se importaria que decidíssemos a data por aqui?

Achei um pouco estranho, porque o autor é sempre o primeiro a determinar suas possibilidades de agenda, mas respondi afirmativamente. Ele então se explicou:

— Sabe o que é... É que a editora contratou uma astróloga para nos orientar sobre o melhor momento para os nossos lançamentos. Estamos utilizando essa estratégia de maneira coordenada com o nosso setor de marketing. Você se importa? Tem algum problema para você?

Perguntei se aquilo era apenas uma questão interna da editora e, ao ouvir que sim, concordei. Que mal haveria? Achei até curioso que uma editora tão circunspecta tivesse essa preocupação. Pedi apenas que me consultassem para que a data escolhida batesse com a minha agenda.

Em poucos dias fui informado sobre a data e, como não chocava com nenhum outro compromisso, confirmamos no dia indicado pela astróloga numa livraria localizada na torre do Rio Sul, no Rio de Janeiro. O editor me disse que estava organizando também uma entrevista com a jornalista Marília Gabriela, a ser gravada em São

Paulo no dia anterior. Fiquei feliz, já que era admirador da Marília e achava seu programa bem sofisticado.

E assim foi. Em tempos em que não havia nenhuma outra possibilidade de encontro entre pessoas além da presencial, embarquei para São Paulo e gravei na noite anterior à do lançamento. É curioso isso: o fato de ter existido na época um "virtual" do passado que era a "gravação", ou seja, algo bem diferente do "virtual" que experimentamos hoje em dia.

Enfim, como eu já esperava, as perguntas foram ótimas, algumas até provocativas — como Marília sabia fazer muito bem. Ela inquiriu principalmente sobre as teses do livro que discorriam acerca da racionalidade em áreas fronteiriças à da inteligência. Em outras palavras, aquelas áreas que não poderiam se nutrir da luz da lógica, precisando por isso do orvalho dos sensos que nascem do faro e do pressentimento.

Sabe quando a vida aponta para algum lugar sem que, para tanto, disponhamos do aval da razão? Era um tema, portanto, que já se aproximava da ideia deste livro de falar sobre uma "zona crepuscular", embora no sentido cognitivo, cerebral. Atenta à audiência, Marília entremeava perguntas de cunho pessoal e teórico, fazendo seu belo jornalismo que admitia o conceitual, mas com os dois pés bem plantados na terra.

Logo cedo, peguei a primeira ponte aérea, chegando ao Rio numa bela manhã do despertar carioca. Aterrissar nessa cidade ao amanhecer, no aeroporto Santos Dumont, é algo que evoca sambas nostálgicos que tocam a alma. Era muito cedo, e eu tinha um compromisso marcado em Copacabana. Eu teria uma hora (ou pouco mais) para flanar no agitado bairro que então acordava.

A essa hora do abrir de lojas na comercial avenida Nossa Senhora de Copacabana, dá vontade de ter vontades, atiçados que somos por todas as possibilidades. Entre os pensamentos do que comer ali por Copacabana, lembrei que meu filho queria uma televisão de aniversário. Isso é outra coisa curiosa: em tempos em que crianças não tinham seu próprio computador (ou seu celular, como hoje), elas sonhavam com uma televisão própria no quarto. Ter uma televisão própria no quarto, além da que ficava na sala, era quase um rito de passagem para a classe média — só superado pelo posterior rito de passagem que era tirar a carteira de motorista.

Entrei numa loja com cara de Mercado-Livre-presencial especializada em eletrodomésticos, dessas que, cada vez mais raras nos dias de hoje, tinham as paredes inteiras cobertas por televisores, todos no mesmo canal — sincronização que, aliás, gerava um efeito interessante, tal como o daqueles elevadores com espelhos nas paredes que, opondo-se uma à outra, reproduziam infinitamente a mesma imagem. Confesso que esses elevadores me davam uma certa angústia. Sei que a intenção era justamente diminuir a sensação de confinamento, mas a verdade é que aquilo me jogava dentro de uma espiral alucinógena, uma espécie de limbo espacial...

Que tamanho de televisão deveria escolher? Nem tão pequena, para não decepcionar, nem tão grande a ponto de evidenciar indulgência consumista, tal como fazem hoje em dia alguns pais na compra de um celular, por exemplo.

Reparei algo estranho: as televisões todas sincronizavam em silêncio, feito balé aquático, a mesma cena em que uma das Torres Gêmeas pegava fogo em seu cume. Por alguns instantes, não reparei com a devida atenção. Pensei que se tratasse de algo como a *Sessão da Tarde*, já que tinha o símbolo da TV Globo embaixo. "Pera aí?!", pensei. Como assim? Eram oito horas da manhã, horário de notícias, e não de filmes de ficção científica apelativos! Aquela cena estampada e reproduzida ali em dezenas de visores, e todos — vendedores e compradores — alheios a ela... Fui até um vendedor e perguntei, apontando para as televisões:

— O que é isso?

— Como assim? Quer saber o preço? — respondeu o vendedor ainda sonado iniciando sua rotina naquele dia de semana.

— Não, quero saber o que está acontecendo! — disse apontando para as telas.

Como se saindo de um transe, o vendedor buscou os controles remotos e foi dando som àquele silêncio sinistro. Foi quando a realidade se fez ainda mais bizarra do que qualquer ficção da *Sessão da Tarde*: um avião havia se chocado contra a Torre Norte do World Trade Center. Fiquei boquiaberto com o que parecia ser um terrível acidente. Lembrei que havia lançado livros na livraria da Borders Books, que ficava nos primeiros pisos do WTC.

A Borders era uma gigantesca livraria de três andares que tinha fama de ser mais intelectualizada, apesar de suas instalações colossais parecendo lojas de departamentos. Engolida até a falência, na década seguinte, pela Amazon e pela Barnes & Noble's, me veio à cabeça, também, a lembrança do meu filho (então com quatro anos) correndo em meio às estantes de livros com minha esposa atrás, enquanto eu respondia a perguntas de ávidos leitores. Os lançamentos em Nova York eram anunciados com três ou quatro semanas de antecedência, para que as pessoas pudessem ler as obras e debater com o autor. Assim, o lançamento era uma oportunidade para se falar diretamente com o escritor e se avaliar o livro.

Era curioso como a compra do livro de determinado escritor (e o investimento que haviam feito nele) de algum modo autorizava as pessoas a cobrarem e revelarem suas expectativas — como se o contrato implícito na compra se evidenciasse e o leitor se tornasse como que um credor do escritor. Ou, o que é pior, como se fosse estabelecido um vínculo jurídico ditado não apenas pelo valor da mercadoria, mas também pelo fato de esta última ter se tornado *a* opção do leitor. Tal coisa era forte a ponto de parecer insinuada em meio àquele labirinto de livros — com um resquício daquela frase que se leem em aviões: "Sabemos que vocês têm muitas outras alternativas, obrigado por voar conosco!"

Voar?! Ah, sim, pois é... Pouco a pouco as pessoas foram parando em frente à parede de televisores, em comoção. Então pudemos experimentar juntos aquele tempo congelado na História: um segundo avião abalroou a Torre Sul. Cercados de desconhecidos, nos entreolhamos com horror, como se fôssemos companheiros de um naufrágio. Os antigos modelos de telefones celulares começaram a ser tirados dos bolsos e, à época dobráveis, foram se abrindo. De repente me vi ligando para casa. Parecia que o mundo ia acabar, e queria saber onde estavam minha mulher e meus filhos, como se aquele enredo hollywoodiano nos estivesse englobando a todos. Era uma sensação de fim de mundo que se somava a notícias de outros atentados. Parecia certo que uma guerra nuclear estava prestes a acontecer entre os poderosos do planeta, ou que haveria uma invasão extraterrestre que nos levaria a todos para o fim dos tempos!

Assim que me certifiquei de que estavam todos bem — não sei de onde tirei que não estariam! —, trocamos perplexidades e angústias. Eis que vejo meu telefone tocando insistentemente. Resolvo interromper a conversa com minha esposa para atender. Era Marília Gabriela:

— Nilton do céu... Que loucura!

— Sim, loucura! — respondi, pensando que ela se referia ao atentado, mas não era exatamente sobre isso...

— Nilton, o que vamos fazer com a nossa entrevista? Não tenho como levar ao ar hoje o que fizemos ontem! Vai parecer que somos lunáticos. O planeta inteiro só está falando disso, e nós vamos ficar falando de platitudes como se nada estivesse acontecendo? Não dá! Falei com o produtor do programa, e estamos pensando em te telefonar, gravar falas tuas sobre o que está acontecendo e entremear isso com imagens da entrevista que fizemos ontem. O que acha? Acha que consegue?

Concordei, e assim fizemos. Logo lembrei que, se isso era um problema no caso da entrevista, o que dizer do lançamento do livro, que ocorreria à noite? Liguei para o editor, que estava em choque.

— Que situação! E dizer que fizemos toda aquela consulta à astróloga... É inacreditável! Vamos ter que demitir essa mulher! — disse ele entre envergonhado e indignado.

Não falei nada, mas pensei... "Que estranho ela ter pinçado este dia entre todos os possíveis: 11 de setembro de 2001." Definitivamente, não era uma noite propícia para lançar livros, mas algo ela terá visto nas conjunções e quadraturas daquele dia.

A noite foi um fiasco: não havia ninguém no lançamento, fora eu e poucos membros da minha família, além do editor. Havia rumores de que ainda existiam voos não identificados com terroristas no ar. Vários me disseram que não iriam à torre do Rio Sul porque ela poderia ser um alvo. Dá para acreditar?! Mas a verdade é que ninguém desgrudava os olhos da televisão e daquelas cenas, que se repetiam feito conversa de traumatizado relatando vez após vez o que lhe ocorrera.

E o tal programa da Marília Gabriela, que geralmente atingia um ou dois pontos, naquela noite teve seis pontos no Ibope. Ela ficou superfeliz e atribuiu isso à nossa conversa, que entremeava o telefonema sobre o atentado com trechos de nossa conversa gravada sobre o livro, tendo ao fundo uma foto do prédio em chamas. Talvez por todos já estarem cansados de assistir àquelas cenas, acabaram fixando a atenção em nossa entrevista.

Talvez a astróloga não estivesse tão errada. Eu fiquei bem impressionado. Tivesse sido um dia comum, com o lançamento acontecendo no estilo de outros que já havia feito, a escolha da data ficaria apenas como algo exótico por parte da editora. No entanto, se em vez de trabalhar para uma editora... Ela tivesse ido para uma loteria, ou se tivesse avisado ao serviço secreto americano (em vez de meramente estragar meu lançamento), aí ela teria feito História!

*Rav Sheshev, que era cego, pressentiu o Anjo da Morte ao seu lado quando estava em pleno mercado. Ele se voltou para o Anjo e disse: "Acaso você vai me levar assim no meio do mercado, como se fosse um animal? Venha até a minha casa!"*

*O Anjo da Morte apareceu a Rav Ashi no mercado. Rabi Ashi disse a ele: "Me dê trinta dias de prazo para que eu possa concluir meus estudos, como está escrito: 'Feliz daquele que vem aqui [nos céus] com seu estudo completado!'"*

*Quando o Anjo da Morte retornou no trigésimo dia, Rav Ashi perguntou a ele: "Qual é a sua urgência?" E o Anjo da Morte respondeu: "Rabi Huna bar Nathan será o próximo logo depois de você! E lembre-se também que está escrito: 'Uma instância não deve encostar a outra nem na distância de um fio de cabelo.'"*

Talmude MK 28a

# Dancing to the end of life

Fico tentado a usar o nome real porque muitos conhecem esta história. Para manter minha própria liberdade ao narrar os fatos, no entanto, vou usar um nome fictício. David era um empresário conhecido, com muitos contatos no Brasil entre os anos 1960 e os anos 1980. As festas que organizava para as grandes autoridades do país então militarizado e para políticos ficaram conhecidas. Elas aconteciam na avenida Beira-Mar no centro do Rio, com aquela vista maravilhosa para o Aterro e para a praia do Flamengo — emoldurada pela Baía de Guanabara e, é claro, pelo majestoso Pão de Açúcar ao fundo.

Quando o conheci, ele já estava aposentado. Homem vivido e de família tradicional da elite carioca, apareceu na sinagoga como sempre se apresentava: todo de branco. Nessa fase mais madura da vida, tinha se tornado uma pessoa espiritualizada; havia feito o famoso método Fischer-Hoffman, que propunha "matar a mãe interna" e todas as pendências que trazemos da mais profunda infância. Era, agora, uma pessoa ousada e que frequentava *workshops* que exigiam entrega e arrojo.

Eu sabia que também havia frequentado a Siddah Yoga, uma organização baseada em filosofias orientais criada por Swami Muktananda, na época já falecido. O grupo era então dirigido pela Gurumayi, líder espiritual de um conglomerado de Ashrams na Índia e em outros lugares — sua sede principal localizada em South Fallsburg, no norte de Nova York.

Em algum momento dos anos 1990, estive por lá com a família e fiz uma palestra. O Ashram é muito bonito. Impressionou-me ver um prédio inteiramente dedicado ao silêncio; silêncio e quietude que, em suas muitas antessalas, mostravam-se cada vez mais imperiosos — pois, em cada uma delas, o revestimento acústico era mais absorvente do que na anterior, tornando o silêncio sempre mais e mais penetrante. É curioso como, quanto mais o exterior se aquieta, mais altas e perturbadoras ficam as nossas ressonâncias internas.

Eu conhecia David de vista. Quando se aproximou da sinagoga, se mostrou muito respeitoso, querendo resgatar sua relação com a tradição. Rapidamente fez amizades e se aproximou dos frequentadores. Por conta de suas roupas brancas, de seu indefectível chapéu-panamá também branco e de seu ar de fidalgo, ele se destacava. Era um homem grande e elegante. Não demorou para que fosse assumindo certa liderança entre os párocos — sempre contando histórias sobre suas aventuras espirituais, seja no Siddah Yoga, nos workshops de novas terapias que realizava ou, ainda, em operações espirituais que costumava frequentar no Rio e em Presidente Prudente — onde residia um famoso médium da época.

Entretanto, o que mais marcava esse personagem era que, nas rezas da manhã de sábado, toda vez que a liturgia chegava a um cântico específico, ele começava a chorar. O canto tinha uma toada do judaísmo europeu, como um *nigun* — melodia típica do chassidismo. Seu choro não era o de uma emoção, era o de uma catarse! Ele começava a soluçar como se uma lava ardente de sentimentos estivesse emergindo do centro de sua alma. Alguns achavam que se tratava de algum tipo de remorso, outros que era uma nostalgia visceral. Seu pai tinha sido um homem severo e religioso; talvez algo daquilo tivesse se entranhado em sua alma, a ponto de precisar do tal método Fischer-Hoffman, e de outros, para acessar essas profundezas.

A verdade é que ele era um homem fascinante. Era esperto e tinha a vivência de alguém que andou pelo mundo real e conhecia suas matreirices. Com certeza, em algum momento, a "ficha" deve ter caído, e ele experimentava desde então alguma urgência espiritual em sua vida. Muitos viam aí o medo de prestar contas — que o envelhecer enseja — diante das esferas celestes; e ele deixava transparecer algo nesse sentido, como se corresse para recuperar parte de uma vida vivida na esfera material e mundana, na expectativa dessa auditoria divina que certamente se aproxima.

Eu adorava conviver com suas novidades e com suas incursões peraltas por mundos de mais mágica e esoterismo — mais do que, em geral, eu me permitia ou me interessava. Achava tudo aquilo enriquecedor, cheio de entusiasmo e de abertura. Quando trouxemos reb Zalman, um rabino muito espiritualizado e diferenciado — sobre quem vamos falar adiante —, ele ficou enlouquecido. Lembro que, numa oficina que fizemos, reb Zalman falou com ele e logo percebeu que havia emaranhamentos espirituais profundos em sua vida e em sua história pregressa. Sem muito me explicar, digo apenas que reb Zalman deu a entender que pendências tinham que ser desfeitas.

Ele queria tirar o atraso de algo, como se tivesse pouco tempo e não pudesse desperdiçar nenhum momento desta existência enquanto realizava alguma *Teshuvá*, isto é, alguma reparação ou transformação em si próprio. Sua contrição e angústia apareciam em várias situações, porém nada se comparava ao choro daquele cântico matutino. Era algo de arrepiar: ele emitia sons que evocavam arrependimentos pungentes como os das imagens de Dante, alarmando o espírito de todos que estivessem por perto.

Sempre vinha, também, com alguma experiência que vivera durante a semana e que galvanizava a comunidade, formando-se círculos à sua volta para ouvi-lo. Algumas dessas aventuras as pessoas evitavam me contar acreditando ser heréticas demais e, por conta disso, poupavam o rabino. Outras vezes, ele aparecia com convidados das mais longínquas paragens espirituais para conhecer o serviço da sinagoga. Fazia isso com grande orgulho, sempre ressaltando que aquele lugar era de intensa espiritualidade. Certa vez, apareceu com a mãe do presidente do Brasil recém-eleito. Este último tinha questões muito sérias com o irmão, e a mãe do presidente vinha se consultar sobre o que fazer em relação aos dois — sempre ali, mediada por David.

Seu desejo de fazer algo de significativo no mundo espiritual o atormentava. A toda hora ele se envolvia com alguém que estivesse doente ou com algum problema muito sério, seja tentando mediar alguma cura espiritual, seja facilitando algum recurso do mundo sobrenatural para ajudar. E não era só isso. Lembro-me bem de quando em plena Guerra do Golfo, quando Saddam Hussein lançava mísseis sobre Israel, ele veio até mim tentando me convencer de que ele deveria pegar um avião e ir imediatamente para Israel se voluntariar. David verbalizou com todas as letras que queria fazer algo significativo, que queria fazer a diferença no mundo. E me perguntava se não valeria muito mais a pena se arriscar numa morte plena de sentido e entrega do que ser alcançado por ela. Essa imagem da morte ganhando fôlego a partir de uma certa idade, e, com isso, encurtando a distância entre ela e o sujeito eleito, ficou no meu imaginário.

Certa vez, ele me procurou com uma aflição incomum. Contou-me que havia participado de um encontro de fim de semana e que no meio de sua meditação havia tido uma visão diferenciada. E, com desassossego, relatou que se viu dançando com nada menos que Gurumayi, a líder e guru do grupo Siddah Yoga. Com os olhos brilhantes, relatou:

— Ela estava linda, gloriosa! E começamos a dançar em uma roda. Ela me deu a mão e sorriu para mim. Senti como se estivesse flutuando, era mais do que uma dança! Foi muito mágico e real. Terminei a meditação como se tivesse experimentado um daqueles sonhos de criança, em que você recebe um presente que sempre sonhou receber e desperta fascinado.

Confesso que ouvi aquilo sem muito assombro. Afinal, quando meditamos, evocamos passeios oníricos com um olho voltado para dentro e o outro para fora; o que ele me descrevia não era, portanto, tão extraordinário. No entanto, não pude desprezar sua emoção, e a registrei enquanto ele me relatava aquela sua visão. Ele estava muito impressionado, como se estivesse diante de um verdadeiro enigma. Minha dificuldade em compartilhar de seu assombro advinha do fato de que, àquela altura, David atribuía a toda e qualquer coisa significado e valor excessivos — como se a vida fosse uma charada, algo que só alguém desperto para coisas muito implausíveis poderia sentir e entender.

Uma ou duas semanas depois, ficamos conversando após o serviço matinal de sábado, e ele me disse que nos veríamos mais tarde em uma cerimônia de *Bar Mitzva* que eu realizaria no Grande Templo, para a qual ele havia sido convidado. Estava então radiante, por se tratar de um local que lhe trazia memórias da infância. "Grande Templo" é como os judeus cariocas se referem a uma grande sinagoga construída no fim dos anos 1920 na rua Tenente Possolo. Não é a mais antiga, mas foi um marco da comunidade judaica local, por representar a primeira geração pós-imigração e sua correlata capacidade de se apresentar com fidalguia. Foi, portanto, uma baliza importante, fincada no "solo" do imaginário nacional — o centro da então capital — enquanto símbolo de uma cidadania sólida e consolidada. Várias outras ondas migratórias fizeram isso por meio de escolas, hospitais ou mesmo templos de oração. Posso imaginar os idealizadores desse projeto vendendo-o aos doadores de então, como sendo um marco e uma necessidade para a coletividade da época.

De tempos em tempos, pois, eu fazia serviços religiosos no Grande Templo, que estava praticamente abandonado. A comunidade havia deixado a região do centro e da Praça Onze onde inicialmente havia se instalado, migrando para a Tijuca, para o Flamengo, para Laranjeiras e, posteriormente, para Copacabana. Mesmo assim, algumas pessoas ainda optavam à época por fazer os serviços naquele prédio imponente e pleno de memórias.

E assim foi aquele fim de tarde para mim, que já me encontrava cansado pelo fato de ter liderado serviços na sexta à noite, no sábado pela manhã e, agora, nessa cerimônia no Grande Templo no final de Shabat. E o dia ainda não estava completo! — havia ainda um casamento para celebrar em outro local, e, por isso, fui logo recolhendo minhas coisas e me preparando para sair rumo a esse último compromisso. Foi quando David se aproximou de mim e falou:

— Rabino, hoje é o dia mais feliz da minha vida!

No olho do furacão da minha maratona de tarefas, confesso que aquela declaração me sacudiu. O que poderia haver de tão apoteótico naquilo para alguém fazer uma afirmação como essa? Ele continuou:

— Eu nunca havia estado em todos os serviços de um Shabat... Ontem à noite, hoje de manhã e, agora, no fechamento do dia! Tudo envolto em muita luz e serenidade. Estou pleno, e digo a você que hoje é o dia mais feliz da minha vida!

Sorri — talvez não tão convencido de sua hipérbole e classificando-a como uma praxe no uso dos exageros e ênfases da linguagem. Desejei a ele uma boa semana e saí disparado para não intervir na tradição, segundo a qual "atrasada é a noiva".

Após o casamento, cheguei em casa e vi que tinham várias mensagens na antiga secretária eletrônica. Em uma delas me pediam que eu contatasse uma pessoa da família de David; quando o fiz, me foi transmitida a notícia: "Rabino... David nos deixou hoje!"

Eu não podia acreditar. Acabara de falar com ele há um par de horas, e ele me dizendo ser aquele o dia mais feliz de sua vida. Então me relataram o que aconteceu.

Após a cerimônia, as pessoas desceram ao salão e se iniciou a festa. David adorava dançar e, com muita alegria, se juntou às rodas de dança típicas de festas judaicas. Ele dançou efusivamente com seu sorriso extático estampado até que, do nada, caiu. Havia vários médicos presentes, inclusive um que estava de mãos dadas com ele nessa roda; e todos já o encontraram sem vida. O sorriso permanecia, mas sua alma havia partido em plena dança, sem sequer uma única expressão de dor ou agonia.

Como num filme, comecei a repassar algumas de suas falas, desde "Rabino, hoje é o dia mais feliz da minha vida!" até aquelas em que relatara a dança extática e embevecida que tinha dançado com Gurumayi. Ele havia tido uma visão de sua partida deste mundo, e agora eu podia decodificar sua perplexidade na ocasião em que, antecipadamente, me relatara esse evento. Acho que ele sabia do que se tratava; na verdade, estava assombrado com a sensação de paz que tudo aquilo havia lhe transmitido. Muito longe do terror e do receio, ele ficara chocado com a revelação — a mesma que fez um rabino hassídico ao seu discípulo, que havia lhe implorado no leito de morte que ele retornasse em sonho para lhe contar como é morrer (e o rabino cumpriu a promessa, dizendo que morrer era tão suave como "tirar um fio de cabelo de um copo de leite", mas que, só pelo medo de morrer, ele não quereria viver novamente). E assim, pela memória, fui voltando ao choro de David durante o hino litúrgico, e também ao seu senso de urgência, que todos percebíamos...

Havia perdido um amigo. De certa forma, uma luminária espiritual à minha volta. Eu sabia que não havia entendido de todo aquele processo, mas algo ficou claro para mim: quando tomamos nas mãos as rédeas de nosso destino, significados muito profundos se abrem para nós e ganhamos potências espirituais capazes de impactar nossa trajetória. Assim como Leonard Cohen criou a música "Dance Me to the End of Love" para falar da potência passional de se gerarem propósitos para a vida, também a espiritualidade pode guiar, passo a passo, essa dança até o fim dos nossos dias, auxiliando-nos a não perdermos o ritmo e a coreografia até o último momento... *Dancing to the end of life!*

# *Turismo* post mortem

Judith era um de nossos expoentes espirituais. Não só porque havia se tornado budista e hospedava todos os Rinpoches — os lamas com conhecimentos práticos que baixavam por aqui —, mas principalmente porque sua vida tinha todos os ingredientes para ser um drama, e não a aventura que ela foi capaz de engendrar.

Ela escreveu um livro biográfico muito lindo que contém *insights* e *outsights* incríveis sobre a menina que fora — e que fizera parte do time olímpico de esquiadores da Hungria antes da Segunda Guerra. Era uma sobrevivente do período do Holocausto. Na época se integrou à resistência, enfrentando coisas como o estupro e a dura realidade de ter que matar para não morrer. O título de seu livro já diz tudo: *Não existe problema!*

Eu a conhecia de vários retiros e *workshops* que fizemos juntos, mas em especial ela aparecia no meu radar no Ano-Novo judaico. É que eu havia adaptado um ritual judaico para o nascer do sol, ritual esse que todo o ano nós fazíamos na Pedra do Arpoador, na praia de Ipanema: madrugada ainda (algumas vezes com frio e chuva) e ela, já passando dos 80 anos, era a única que se lançava ao mar no final do encontro. Trago vivo na memória seu vulto sobre a pedra — o corpo de idosa que malhou a vida toda prestes a saltar no mar gelado. Enquanto isso, eu e os outros ficávamos ali, arrepiados só de imaginar o toque da água sobre a pele... E, mais tarde, ela com os cabelos molhados, feliz da vida, consigo mesma e com aquela experiência.

Destacava-se também o seu positivismo budista, que às vezes me parecia incompatível com o realismo judaico no qual eu vivia imerso.

Além disso, nosso vínculo tinha outro detalhe muito significativo: ela descobrira que eu amava esquiar e que todos os anos ia praticar em algum lugar do mundo. Para falar a verdade, nos bons anos eu ia duas vezes! — em uma, alternava Europa e Estados Unidos; na outra, ia para o velho e querido Chile, pois tinha uma tia que morava em Santiago, e muitas das minhas férias eu as passei por lá. Minha aproximação com o esqui, aliás, veio daí.

O Chile é um país elegante, com aquela sua combinação de silhueta delgada e porte altivo, encostando-se às nuvens e se cobrindo de neve... Judith, que há anos já não podia se dar ao luxo de alguma fratura ou ruptura de ligamentos, me pedia para dedicar sempre a primeira descida a ela — coisa que eu cumpria e cumpro à risca até hoje. A primeira descida é para Judith... E muitas vezes a saideira também! Conectar-me com alguém que tivera maestria no esporte, e que guardava intimidade com o frio e suas altitudes, gerava em mim e na paisagem gelidamente silenciosa ao redor um senso de tradição e lenda.

De tempos em tempos, ela aparecia na sinagoga emergindo de alguma de suas viagens. Ela conhecia o mundo inteiro, e não se trata aqui de um modo de falar: literalmente, ela queria conhecer o planeta onde germinou e brotou, e recusava-se a ir embora sem lhe prestar a devida homenagem e conhecer sua anatomia. Como na linda história de um rabino que vivia perto dos Alpes: certa vez, no meio de seus estudos, ele olhou pela janela e viu aquela cadeia de montanhas ao longe... Então fechou o livro e disse: "Criador do universo, estou aqui a estudar os textos sagrados, mas não me dignei a conhecer a Tua obra e prestar meu respeito à Tua criação..." E saiu para desbravar partes do mundo que não conhecia.

Confesso, porém, que ficava curioso para saber de onde vinham os meios para as suas longas viagens. Eu sabia que eram viagens austeras; que ela adorava ficar perto do povo e de sua cultura, e que era uma turista frugal. O fato é que desde os anos 1960 ela havia sido secretária de altos executivos. Acho que se sustentava com algum ressarcimento de guerra. Ou, talvez, simplesmente se arrogasse o direito de visitar o seu mundo, e esse tipo de ousadia costuma levar as pessoas muito longe.

Um dia, Judith me ligou de manhã cedo:

— Nilton, queria te contar algo que não vou compartilhar com muitas pessoas.

Da parte dela sempre vinham boas ou, pelo menos, estimulantes notícias. Imaginei que estivesse indo ou voltando de algum pequeno país, incrustado em alguma parte exótica do mundo da qual eu nunca teria ouvido falar.

— Pois é... Estou com um câncer e não vou me tratar. Já decidi que não quero me submeter à medicina e ao seu olhar para a vida.

Fiquei impactado e tentei saber mais sobre a situação, buscando entender o grau de fatalidade de que se tratava. E a situação era muito grave. Infelizmente, uma situação definitiva, restando-lhe apenas estender e protelar sua finitude. Ela me explicou que ia entrar num território desconhecido e sem retorno, e que não iria delegar à ciência a soberania sobre a sua vida. "Ciência" quer dizer "conhecimento", e a vida não era — talvez jamais viesse a ser — passível de ser conhecida por quaisquer saberes.

— Já me decidi e vou me entregar à própria vida, e não às mãos dos médicos que não têm cura. À vida sim, pois nela há sempre algum tipo de cura. Eu queria, no entanto, que você soubesse disso. Pode ser que eu precise de ajuda com meu filho ou com qualquer outra situação que venha a se apresentar, e gostaria que minha vontade fosse respeitada.

Imediatamente aceitei ser um parceiro ou parteiro nesse processo, já imaginando como seria o mundo sem Judith. A partir dali, fomos nos comunicando com mais frequência. Às vezes ficava duas ou três semanas sem falar com ela, mas sempre dávamos um jeito de nos conectar e ela ia me mantendo informado de suas questões — principalmente em relação às dores que sentia. Lutar contra a dor é uma coisa inglória, porque a dor nos rouba todos os recursos de que precisamos, justamente, para enfrentá-la. A dor contrai e retrai, e é difícil fazer alongamentos na alma, que vai gradualmente enrijecendo. Entretanto, ela era muito valente e iria levar aquela disputa até o limite. E eis que aquela budista atleta ia me lembrando as piadas sobre os tenazes gaúchos da minha terra que, no sufoco, mantinham um sorriso contrito enquanto se formava, em câmera lenta, uma tímida lágrima no canto do olho!

Então ela sempre começava dizendo que estava tudo ótimo, e aos poucos eu ia conhecendo detalhes dessa realidade interpretada e mediada por sua fé poderosa. A doença e seu indomável desplante avançavam como uma maré que não admite objeção.

Nesse meio-tempo, recebi a visita de uma mãe desesperada por conta da descoberta de uma doença muito grave na filha adolescente. Era uma amiga do meu filho, e a suspeita dos médicos era a de uma forma rara e extremamente agressiva de malignidade. A mãe estava visivelmente em pânico, mas me doía ainda mais a dimensão implícita do seu pânico. O prospecto não apenas da morte, mas de sequelas e limitações, e justo quando a vida está desabrochando, é cruel. Tentei acalmá-las enquanto, ao mesmo tempo, tratava de acalmar a mim mesmo. Essa dupla contenda, na maioria das vezes, não é bem-sucedida. Como é possível não se identificar tendo filhos em idade semelhante? De pronto, associei a situação à história de um rabino que, ao ver de longe uma mulher esbaforida trazendo uma criança ferida no colo, gritou para ela em socorro: "Calma... Calma!" Isso, no entanto, foi até ela se aproximar um pouco mais e ele ver que se tratava do seu próprio netinho, o que o fez mudar de tom e conteúdo: "Meu Deus... Meu Deus... Ajuda... Ajuda rápido!"

Era preciso mais do que palavras de conforto; era preciso uma atitude de conforto. Às vezes evoco o clamor humorístico do filme *Ghostbusters*... Quando, em situações assim fora do controle — e lidando com forças mais poderosas que nós —, era cantado o dito: "E quem você vai chamar?" E tinha que ser os "Exterminadores de

Fantasmas!". Pois o nome de Judith e o título do seu livro se apresentaram como uma aparição diante de meus olhos.

Expliquei então para ambas — mãe e filha aterrorizadas —, que ali aguardavam por socorro:

— Numa situação dessas, só me ocorre uma pessoa a quem chamar!

— Quem? — saltaram as duas da cadeira em um gesto de esperança...

— Dona Judith!

Não posso negar que fiz um bom trabalho ao conseguir convencê-las de que Judith era mestra no dom do "não existe problema!". Acredito que lhes contar detalhes sobre a sua condição (a de ela estar gravemente doente) e sobre sua forma destemida de viver foi o que as convenceu. Ou talvez tenha sido a real falta de opção... Mas o fato é que elas ficaram tão animadas que de imediato caí em mim, me lembrando de que antes, é claro, eu teria que "combinar com os russos"! Qual seria a reação de Judith, tomada que estava pela dor e engolfada pela contrição que a doença impõe? Como reagiria a isso? Teria ânimo para ajudar justo num momento em que ela mesma precisava tanto de ajuda? O pensamento mais recorrente na dor é "eu não me importo!" — e não sabia como ela tomaria aquela exuberância profética da qual eu me havia arvorado. Disse a elas, mãe e filha, que falaria com dona Judith e daria notícias.

Liguei na mesma hora para Judith. Ela não atendeu na primeira vez. Insisti, ela enfim atendeu ao telefone e começou a falar sofregamente. Dizia que estava enfrentando um grande desafio com a dor. Empatizei com seu momento por alguns instantes, mas, na primeira oportunidade, puxei o assunto da tal jovem.

— Judith, tenho uma situação de que, acredito eu, só você poderá dar conta!

Sua voz repentinamente subiu em altura, como se lhe tivessem injetado uma dose intravenosa de entusiasmo. Não precisei explicar muito, e ela não só concordou como pediu que, por razões óbvias, eu me apressasse. Colocou, porém, uma condição: a de que ligassem no dia em que viessem visitá-la para saber se estaria em condições de atendê-las. Fiquei feliz com sua reação, e mais ainda por ela não me ter pedido para detalhar o que se esperava de dona Judith! Na verdade, eu mesmo não sabia o que ela deveria ou poderia fazer... Uma ponta de dúvida me assolou, e pensei na possibilidade de aquilo não ter sido exatamente uma intuição, mas sim uma forma de insegurança criada para me livrar de algo que tinha mexido profundamente comigo. Coisas assim acontecem, e inconscientemente delegamos e nos evadimos.

Em poucos dias o tal encontro ocorreu e o resultado foi muito além do que eu havia imaginado. A própria mãe da jovem me ligou para agradecer. Disse que dona Judith era uma "bruxinha do bem"; que a visita tinha feito bem a todos — a elas próprias e, também, a dona Judith; que elas saíram de lá leves e confiantes; que tudo iria dar certo e que "não existe problema!". Fiquei radiante: tinha dado certo!

Mas logo contive minha alegria, e a ponta de orgulho por ter acolhido minha intuição e ter feito uma boa escolha ao pensar em Judith também desvaneceu. Isso porque fui invadido pelo pensamento de quão inócuo seria tudo aquilo se a doença da menina progredisse... Até onde podemos enfrentar o "monstro" munidos apenas do slogan de que o problema não existe? Parecia que ele só seria "não existente", subjugado por essa crença de Judith, enquanto não afetasse contundentemente a vida daquela jovem. Agarrei-me ao fato de que dona Judith estava numa fase tão verdadeira de sua existência que, para sustentar essa afirmação com fé, algo de especial e mágico ela intuía e estaria para acontecer.

Mais chocado fiquei quando, num par de semanas, a mãe me ligou novamente.

— Rabino, minha filha está curada!

— Como assim?

— Ela fez novos exames, e o diagnóstico horrível que lhe haviam atribuído foi totalmente descartado. O que ela tem é bem menos grave, e com uma simples cirurgia, sem nenhum risco, ficará tudo bem.

Ela me agradeceu e disse que todos os anos, no exato dia do encontro com dona Judith, ela iria com sua filha à sinagoga para ter uma *aliáh*, uma bênção junto à Torá. Até hoje elas cumprem essa forma de agradecer.

Dona Judith ficou em êxtase com a notícia; elas ainda chegaram a visitá-la algumas vezes — com dona Judith, agora, como avó adotiva da moça.

Poucas semanas depois Judith veio a falecer. Conseguira ficar em casa e não fora hospitalizada. Resistiu à tentação de evitar seu encontro com a vida, e desceu sua última montanha. Imagino que o tenha feito exultante, com o vento gelado corando suas faces e restituindo-lhe gradativamente a juventude e a flexibilidade para a descida derradeira, repleta de júbilo. Seu recortar nessa última neve, agora sem deixar rastro... Só caminho, sem passado.

Ledo engano. Não passou muito tempo e seu filho me relatou que dona Judith havia preparado dez pacotes de viagem antes de morrer. Junto com seu agente de viagem, ela deixou de herança dez viagens programadas para dez pessoas muito queridas em sua vida — cada uma com um acompanhante. Ela havia selecionado dez dos lugares que mais tinha gostado deste planeta, e os associara à personalidade de cada um dos escolhidos. Eu não estava entre eles, obviamente, porque ela teve o cuidado de presentear pessoas que nunca tiveram condições financeiras de empreender passeios como aqueles: sua manicure, sua empregada, uma enfermeira, uma amiga... Enfim, pessoas que receberam passagem, destino, hospedagem e um valor em dinheiro para suas respectivas aventuras.

Era sábia, a Judith! Não apenas sabia imantar o que é material de valor imaterial; vivaldina, sabia também tirar uma "última casquinha" para si de tudo isso. E ali estava uma dessas travessuras em que Deus embarca com um sorriso de lado a lado do universo. É que ela havia criado viagens *post mortem*, turismo *post mortem*. E assim como ela descia comigo, em meus esquis, a cada primeira largada nas canchas, foi também na bagagem do coração daquelas dez pessoas e seus acompanhantes, honrando o belo mundo que Deus nos concedeu.

Manha e jocosidade típicas de esquiadores profissionais, como se estivesse extraindo um impossível: "Só mais uma vez... vai?!"

*Rabi Hanina disse: "O demônio Jonathan me contou que os demônios têm sim uma sombra, mas que ela não se movimenta como uma sombra humana!"*

Talmude Yev 112a

# Pendências de outro mundo

As histórias a seguir se interconectam, porque narram eventos da primeira visita ao Brasil de meu querido mestre reb Zalman Schachter. Reb Zalman foi o fundador do Movimento de Renovação no judaísmo, uma espécie de neochassidismo.

O que fazia de reb Zalman uma personalidade tão especial, para além de seu carisma e de sua sensibilidade, era a conjunção do tradicional e da vanguarda, do ortodoxo e do liberal. Nativo da Ucrânia, reb Zalman sobreviveu ao Holocausto, fugindo para os Estudos Unidos, no início de sua formação religiosa.

Adotado pelo Movimento Chabad, em Nova York se tornou o "menino de ouro" do Rebe de Lubavitch — o líder de uma dinastia que teria grande relevância para o judaísmo do pós-guerra. Na qualidade de um de seus mais sagazes e criativos alunos, ele foi convocado junto com Shlomo Carlebach — que se tornaria um expoente da música judaica do século XX —, para uma missão especial: em meados daquela década de 1950, o Rebe percebera que seria necessário divulgar melhor o judaísmo para as novas gerações, e conferiu a tarefa aos seus dois discípulos mais descolados, Zalman e Shlomo. A ideia era infiltrá-los no ambiente acadêmico e influenciar os jovens das faculdades e universidades do país a fim de que esses se envolvessem com a tradição.

O resultado foi excepcional e, como tudo o que é fora do normal, determinar se ele foi na direção supostamente certa (a esperada) ou errada (a inesperada) é uma questão de enfoque, de ponto de vista. Sim, ambos eram figuras incríveis e influenciaram a nova geração, mas também foram influenciados pelo ambiente que adentraram: Shlomo se tornou o mais importante cantor e compositor do judaísmo americano, conquistando o coração de toda uma geração pelas vias passionais da música. Reb Zalman, por sua vez, fez um caminho mais intelectual e místico. No ambiente universitário, conheceu outras tradições religiosas, ficando maravilhado com a diversidade espiritual do mundo e suas manifestações. Tornou-se professor de religião comparada e foi ganhando intimidade com a efervescência do mundo no fim dos anos 1950 e 1960. Sua audácia espiritual o levou a interagir com várias tradições: dos povos originários americanos ao budismo, além do sufismo — de onde ganhou o título de Sheik, compondo sua eclética formação.

Para se ter uma ideia de seu atrevimento espiritual, basta o fato de reb Zalman ter se juntado ao psicólogo e neurocientista Timothy Leary — ícone nos anos 1960 — para estudar os benefícios terapêuticos e espirituais do LSD em suas experiências na Universidade de Columbia. Reb Zalman foi voluntário nos "tanques de experimento" onde as aventuras psicodélicas eram testadas.

Quando o conheci, já era um personagem lendário. Eu estava em Israel num abril de Páscoa quando soube que ele levaria um grupo de pessoas para celebrar a festa no alto do Monte Sinai, no deserto de mesmo nome. Foi ali que nos conhecemos, e uma conexão muito especial se criou entre nós.

Quando me ordenei rabino e retornei ao Brasil, já nutria o sonho de trazê-lo aqui para os trópicos. Havia algo de brasileiro em reb Zalman: talvez sua persona multifacetada, talvez sua flexibilidade e senso de inclusão — traços que costumamos identificar como algo "brasileiro". Sei que muitos desses sentimentos que temos em relação à brasilidade são fantasiosos se confrontados com a realidade social do país. No entanto, acredito que haja algo de meritório no amalgamar e no agregar da cultura brasileira. Em todo caso, eu acreditava que sua visita teria grande impacto sobre a forma como os judeus entendiam a sua própria tradição, pois sua maneira de tratar a tradição (olhando para a frente, em vez de simplesmente se guiar pelo espelho retrovisor) me parecia profundamente auspiciosa. Para atrair reb Zalman, falei muito sobre a magia do Brasil. Ele sabia tanto da riqueza das tradições africanas como daquela do mundo xamânico que existiam por estas paragens. Conhecia, inclusive, uma lendária história sobre o rabino e filósofo Abraham Joshua Heschel, quando este esteve aqui no Brasil. Este último, aliás, era o marido de Sylvia — sobre quem faço relatos na história sobre o Central Park. Segundo diz o mito, ele veio ao Rio de Janeiro no início dos anos 1960 a convite do Rabino Lemle, importante liderança da época. Ele havia pedido que o levassem para conhecer as manifestações religiosas brasileiras, e o levaram a um terreiro de Candomblé; assim que adentrou o recinto, o babalorixá (que àquela altura já havia recebido o santo) fez cessarem os atabaques e disse em voz do outro mundo: "Entrou alguém aqui que é grande..." E, segundo a lenda, teria chamado o Rabino Heschel para o centro do terreiro e lhe pedido um passe. Tenho certeza, pois, de que foi a curiosidade em relação à vida espiritual desta terra que convenceu reb Zalman a fazer a viagem.

Dediquei-me a planejar vários eventos, os quais teriam que se adequar à sua agenda. Ele só conseguiria vir ao Brasil em dezembro, nos dias que incluíam o Natal e o Ano-Novo. Imaginei fazer um "Woodstock" em miniatura, não apenas pela atmosfera de vanguarda e informalidade, mas também pela juvenil convicção de estar empreendendo uma revolução.

Convenci a sinagoga onde trabalhava — a única não ortodoxa da cidade — a trazer reb Zalman e realizar os eventos em questão. Apesar de liberal em sua postura religiosa, a sinagoga era bastante conservadora e formal, traço típico da cultura dos imigrantes germânicos, informalmente conhecidos como *yekes*. Um *yeke* é uma espécie de *nerd*: uma pessoa meticulosa e rígida, mas aberta intelectualmente — embora no campo do comportamento e da flexibilidade a coisa seja bem diferente. Em todo caso, o presidente da sinagoga e o rabino principal concordaram com a empreitada, desde que eu, sozinho, levantasse os fundos necessários para a execução do projeto. Até hoje não sei se os convenci com o argumento de atrair público jovem ou se, simplesmente, eles queriam se desvencilhar de mim, certos de que eu não conseguiria o montante requerido.

Marquei uma entrevista com um grande empresário, que me recebeu apesar de muito ocupado e um tanto impaciente. Entre um telefonema e outro (que interrompiam a apresentação do projeto para o qual eu buscava seu apoio), ele se voltava para mim com um ar de "quem é mesmo ele e o que ele quer de mim?". Devo ter iniciado a exposição algumas vezes até que, sem prestar muita atenção no que eu falava, ele me disse:

— Rabino, passei por um momento muito difícil, mas graças a Deus as coisas já estão melhores...

Começamos a falar, então, sobre aquele período difícil. Foi quando, num hiato da conversa e já estando os dois mais íntimos, ele me disse:

— O que é mesmo que o senhor espera de mim?

— O evento... A chegada do rabino de quem lhe falei...

— Ah, sim... Claro. Um momento.

Pegou então o telefone e chamou seu diretor de eventos, que em segundos adentrou a sala. Ele o instruiu para que me atendesse em tudo o que precisasse; disse-lhe que eu realizaria um grande evento, e que me fosse oferecida toda a estrutura de que necessitasse.

O evento iria acontecer, e agora eu dispunha de uma cobertura profissional, como se estivesse realizando um evento comercial: podia imprimir folhetos — coisa que se fazia na época para efeito de divulgação — e podia contar com a infraestrutura que bem entendesse para pôr aquele "Woodstock" em prática. Isso incluía uma lona de circo completa para abrigar os eventos, banheiros químicos e o que mais inventasse.

E assim foi feito. O evento aconteceu em um lugar rústico — o acampamento Kinderland —, mas que contava com todas as comodidades de um grande concerto de rock: havia alojamento para umas duzentas e cinquenta pessoas e um enorme espaço alocado para acampamento, o que permitiu a entrada de cerca de mil pessoas. O surpreendente é que o evento ocorreu no Natal, que, apesar de ser uma data "livre" para os judeus, competia com o clima de verão e de fim de ano — período do ano em que ninguém se compromete com nada. Ainda mais surpresa ficou a direção da sinagoga (que não acreditava que haveria procura) quando as inscrições se esgotaram!

Reb Zalman era um rebe, uma designação muito específica na tradição judaica e que simboliza uma liderança mística, porém não no sentido esotérico ou mágico do termo. Um rebe possui o dom de costurar mundos; de olhar o exterior de uma pessoa e radiografar sua alma, como um costureiro capaz de cerzir corpo e alma, fachadas e interioridades. O mundo interno de uma pessoa não pertence a este mundo porque está entrelaçado ao imaginário, ao inconsciente coletivo, ao atávico e ao ancestral. Enquanto o mundo daqui, por assim dizer, é um lugar de despertos e de conscientes, o outro mundo é um lugar onírico, de sincronicidades, arquétipos e simbolismos. Um rebe possui o talento de fazer o reconhecimento facial do espírito humano, e não meramente de seu semblante.

No passado, há histórias de rebes que sabiam ler através da fronte de uma pessoa o que se passava em sua mente, e, segundo anedotas, muitos, temendo que seus pensamentos fossem descobertos, buscavam encobrir o rosto com chapéus. É claro que o subterfúgio não funcionava.

Reb Zalman fazia encontros pessoais com indivíduos e radiografava seus espíritos, entregando o laudo ao paciente em tempo real. Alguns tinham fardos ordinários, originários de sua própria instância de vida; outros — situações mais graves — tinham enganches e emaranhamentos com outras pessoas ou (o que é mais melindroso ainda) com outras gerações e com o passado familiar. Os *unfinished businesses*, isto é, as questões pendentes — como ele as chamava —, calavam fundo nas vísceras identitárias dos atendidos.

Semelhantes, talvez, às operações espirituais que temos no Brasil para curar doenças físicas, essas questões pendentes tinham como escopo apenas a espiritualidade para sanar o próprio espírito e, a partir deste último, oferecer curas "psicosubtrativas", ou seja, antídotos à somatização, a transtornos psíquicos que se manifestam fisicamente.

A capacidade de reb Zalman de tornar visíveis os vínculos entre psiquismo e fisicalidade impressionava a todos. E, é claro, quando vai para além do parapsiquismo, a coisa fica ainda mais interessante. As pessoas se emocionam quando veem as capilaridades que conectam o seu mundo simbólico (ou sua ancestralidade, seus desenhos arquetípicos, suas sincronicidades) ao mundo real da experiência física.

Uma dessas experiências aconteceu durante uma fala sua no espaço central do evento — que vinha a ser a tal lona de circo. Montada num descampado de uma chácara no município da Sacra Família, era ali que aconteciam as plenárias e as celebrações principais. Em dado momento, pois, uma mulher se levantou e disse:

— Rabino, minha mãe faleceu no ano passado e não está em paz! Eu sei que ela não está em paz... Como eu sei disso? Porque coisas estranhas estão acontecendo no imóvel onde ela morava: sons perturbadores são escutados pela casa, coisas quebram ou saem do lugar, e não sabemos o que fazer...

Reb Zalman pediu que ela se aproximasse e perguntou:

— Qual o nome de sua mãe?

— Raquel — ela respondeu.

— Em hebraico?

— Em hebraico... Era Rachel — completou ela.

Então reb Zalman olhou em direção ao teto — ou aos céus — e clamou:

— Ruchale!

Esse é um diminutivo afetuoso na língua iídiche, algo como "Raquelzinha". Era uma forma de invocar, suplicar e evocar para que ela aparecesse. Havia uma combinação perfeita entre intimidade e convocação em seu tom de voz. Eis que, do nada, um vento horripilante sopra sobre aquela tenda de circo. Era dia 25 de dezembro, estado do Rio de Janeiro, por volta das 11h30. O dia estava lindo, o céu azul sem nenhuma nuvem, pleno de claridade. Havia uma *bonanza* — essas calmarias típicas do calor de verão ali por volta do meio-dia. Repentinamente escureceu, e rajadas fortuitas e inesperadas quase arrancaram a lona. Cordas e estacas se retesaram todas, causando um som ainda mais assustador. Surpresas e eriçadas, as pessoas se levantaram das cadeiras em movimento instintivo de fuga. O ambiente se tornou subitamente denso e alguns correram para fora da tenda. A princípio, reb Zalman também pareceu assombrado com o ocorrido, mas, se recompondo, retomou:

— *Ruchale, tiere ruchale* [Raquelzinha, querida Raquelzinha!] — disse ele tentando recompor a serenidade, e prosseguiu: — *Was tut sich bei einem im boich?* [O que há de errado com o seu estômago?]

Em iídiche, essa expressão é uma demanda direta do tipo "vamos parar de joguinhos", um convite para se ser maduro e objetivo — ao mesmo tempo que indagava sobre o que estaria sendo tão indigesto para Raquel, pessoa de abençoada memória. De imediato, o vento cessou. As pessoas se entreolharam e, em meio ao burburinho dos comentários, foram novamente se sentando.

Reb Zalman, então, parou de falar como se estivesse se dirigindo frontalmente a Raquel. E, voltando-se para a filha, disse a esta que, seja lá o que estivesse incomodando sua mãe, iríamos fazer naquele momento um *Kadish* para ela, isto é, uma oração pela paz dos falecidos — acrescentando que a filha deveria fazer uma doação benemerente em nome de sua mãe Raquel. E procedeu com a oração. Por fim, concluiu dizendo à filha que, no próximo dia de Yom Kipur (o Dia do Perdão), ela deveria repetir a oração para selar eventuais resíduos da pendência.

Algo muito espantoso aconteceu naquele episódio: parecia que havíamos presenciado uma conversa entre uma pessoa viva e outra falecida. No entanto, era como se houvesse um respeitoso mistério que impedisse que tudo aquilo fosse imprópria e excessivamente explicitado. O oculto, portanto, permanecia camuflado e preservado, sem que fosse necessário expô-lo além do que já havia sido.

Várias pessoas relataram experiências semelhantes, em que reb Zalman desentranhou algo velado (embora latente) de si mesmas e, com isso, as ajudou a resgatar uma libertadora inteireza.

Aquele foi um evento inesquecível para os que participaram. Era como se reb Zalman tivesse validado uma nova forma de atenção ou sensibilidade, e os participantes voltaram para casa impactados por novas sutilezas; alguns deles, até, com o bônus de ter saldado ou anistiado antigas pendências.

## Conversas telepáticas

O retiro realizado com reb Zalman tinha sido catártico. Para além da comunidade judaica, havia naquele fim da década de 1980 um grande interesse do público em geral pela espiritualidade. Eu estava entregando os manuscritos da minha trilogia sobre a Cabala, que se tornaria um sucesso editorial. No mesmo período, reeditava-se um livro chamado *O alquimista,* cuja primeira edição não obteve sucesso, de um desconhecido Paulo Coelho. O potencial e o interesse por esses assuntos, portanto, claramente estavam ali.

Talvez por isso reb Zalman tenha ficado tão em evidência na mídia brasileira da época. Era fim de ano quando, de repente, surge um espaço a mais para o imponderável e o místico nos veículos de comunicação: de capa da *Manchete* a várias chamadas no *Jornal do Brasil*, sua presença foi ficando maior que o próprio evento e, com certeza, maior que a sinagoga.

Voltando do exílio, um jornalista que retomava sua carreira fora designado para entrevistar reb Zalman. Era Fernando Gabeira, que a bem da verdade chegava sem muito interesse para cumprir sua tarefa no apagar das luzes daquele ano. Aos poucos, porém, o jornalista foi se encantando com aquele personagem Nova Era à medida que fazia perguntas a reb Zalman, que, por sua vez, fechava os olhos e, após algum silêncio, retornava como se estivesse acordando de uma viagem interna. Lembro-me de Gabeira ter perguntado, não sem uma ponta de provocação:

— Reb Zalman... Por que você fechava os olhos antes de responder? Era para criar, com esse estilo, um clima de mestre espiritual, de guru?

— Não, de forma alguma! — respondeu ele surpreso. — É que essas entrevistas costumam ter perguntas muito semelhantes... Então fecho os olhos e me pergunto: "Como foi que você respondeu da última vez que te fizeram essa pergunta?" Em seguida me pergunto: "E como você responderia a essa pergunta hoje?" Essa pausa nos ajuda a perceber o quanto você se deslocou pela vida, e que transformações vêm ocorrendo conosco.

Eu havia programado mais dois grandes eventos: um no Circo Voador, aberto ao público, e outro na sinagoga, que aconteceria no dia 29 de dezembro. A direção da sinagoga me convocou para expressar sua preocupação em relação ao vulto que a presença de reb Zalman havia tomado. Pediram, então, que eu parasse com as entrevistas e interrompesse a divulgação fora dos limites da comunidade judaica. Tentei argumentar que tudo isso era bom, mas eles não se convenceram.

Havia ainda outro problema: os *flyers* que eu havia mandado produzir, e numa quantidade de muitos milhares, traziam a ilustração de uma pessoa utilizando objetos religiosos judaicos — o solidéu e o talit; o manto e as orações tradicionais. Além disso, ela aparecia sentada em posição de lótus ou *asana*, que é a forma de se sentar na yoga, com pernas cruzadas.

Esses prospectos incomodaram muito a ala ortodoxa judaica da cidade, que resolveu contratar uma agência de publicidade para se contrapor àquela onda que havia tomado a cidade... Num documento curioso e em certa medida histórico, todos os rabinos ortodoxos da cidade (entre os quais muitos não se relacionavam bem entre si) assinaram por unanimidade uma peça publicitária que dizia: "Judaísmo é como mãe, só se tem um!" E aproveitando a festa de Chanuká, que relembra um episódio em que os judeus venceram a tentação de se helenizarem ou se assimilarem à cultura invasora, acusavam a sinagoga de estar desencaminhando os jovens. E, sob pressão, essa última me pediu para suspender qualquer entrevista ou exposição à mídia.

Acabei me rendendo e, já muito feliz com o retiro e com toda aquela repercussão, me comprometi a descontinuar qualquer forma de publicidade nesse sentido.

Nesse meio-tempo, reb Zalman estava me cobrando conhecer mais da vida espiritual brasileira e — como estávamos no Rio — carioca. Eu havia me tornado presidente do Instituto de Estudos da Religião (ISER), que mais tarde produziria o Viva Rio. Por conta dessa posição, tinha contato com a mãe Beata de Iemanjá. Sacerdotisa de um importante terreiro em Nova Iguaçu, ela liderava centenas de milhares de fiéis de matriz africana na Baixada Fluminense. Organizei, então, uma visita de reb Zalman e sua esposa à mãe Beata.

Como estava totalmente tomado pela organização do evento que ocorreria à tarde no Circo Voador, pedi a Rubem César Fernandes, importante antropólogo e secretário executivo do ISER, que acompanhasse reb Zalman na visita. Para que este e mãe Beata pudessem se comunicar a contento, Rubem (uma pessoa com sensibilidade de sobra para apreciar e mediar tal encontro) atuaria ainda como tradutor, coisa que ele aceitou de bom grado. Fiz-lhe apenas uma advertência: que não divulgasse nada sobre esse encontro para a mídia. Eu sabia que o ambiente na sinagoga estava tenso, e queria evitar novas controvérsias. Rubem se comprometeu também com isso, e pude ficar tranquilo para me dedicar à organização dos eventos.

Mais tarde viria a ter notícias desse sublime encontro. Rubem me contou que fora um personagem totalmente dispensável, porque não houve necessidade de intérprete... Era fim de dezembro, época de chuvas torrenciais no Rio de Janeiro, em geral mais para o fim da tarde. Eles haviam sido pegos por uma, repleta de raios e trovões. Ao adentrar o terreiro em plena tempestade, assim que reb Zalman e mãe Beata se deram conta um da presença do outro, uma assombrosa trovoada estremeceu o lugar. Mãe Beata exclamou em êxtase:

— O rabino é de Exu! — Com aquele trovão, o orixá da comunicação e da linguagem tinha dado início àquela audiência.

Rubem contou que reb Zalman retirou seu largo e colorido solidéu em respeito ao templo e abriu um grande e cativante sorriso. Dali para a frente, disse que eles se comunicaram sem qualquer dificuldade: gestos, expressões, sorrisos, movimentos levando as mãos ao coração, abraços e toques tornaram a linguagem oral desnecessária. Segundo Rubem, tinha sido um encontro mágico, de alma, mais do que qualquer outra coisa — tudo regado a muita chuva e ao exalar dos perfumes da umidade mesclada às substâncias, ao concreto aquecido e às plantas do jardim. Mãe Beata pediu então que reb Zalman a abençoasse, e ele o fez em total comunhão, como se fossem velhos amigos e conhecessem profundamente o mundo e as tradições do outro. Rubem ficou muito comovido e me disse:

— O que eu vi hoje foi telepatia! Nunca tinha presenciado um ato de comunicação nessa esfera. Era uma sintonia, mais do que uma linguagem. Uma empatia, mais do que uma compreensão.

Vários pensadores, como Freud, Lacan e Derrida, entre outros, escreveram sobre a "telepatia" como uma esfera exterior ao binômio "conhecimento/não conhecimento". Isso porque seres de uma mesma natureza possuem tantos traços e características em comum que a linguagem se torna um pleonasmo, uma redundância acerca do que já foi dito. Enquanto antropólogo, Rubem estava fascinado com a experiência, e lembrou que as tradições, também elas, são idiomas ou códigos; que é possível transitar por correlações tal como os sábios fazem com a experiência.

Fiquei encantado com aquilo tudo e mal tive tempo de ouvir o próprio reb Zalman sobre a sua experiência: naquela mesma noite, fizemos o evento no Circo Voador. Enquanto eu fazia a apresentação de reb Zalman na abertura dos trabalhos, me dei conta de que ele não era um cantor ou um ator, e de que, para além da barreira linguística, o que era mesmo que ele iria fazer?!

Reb Zalman enfrentou aquela apresentação na mesma toada do encontro com a mãe Beata. Até havia tradução, mas, a rigor, ele falava por música, por anedotas ou por expressões faciais e sonoras. Foi algo como uma palestra em que o principal não era o conteúdo do que ia sendo dito, mas a forma. A comunicação é em si uma prosa, uma exposição e um arrojo ao outro.

Na manhã seguinte, quando cheguei à sinagoga, o porteiro me disse:

— Estão em reunião, e aguardam pelo senhor!

Em reunião?! Era fim de dezembro... Não entendi nada. Assim que entrei na sala da diretoria, estavam o rabino-chefe, o presidente e alguns diretores. O presidente se aproximou de mim com um jornal na mão e disse:

— O que é isto?

Olhei surpreso, e na capa do jornal *O Dia*, ocupando quase meia página, vinha estampado em letras garrafais: "AXÉ, RABI!", junto com uma foto de reb Zalman com as mãos sobre a cabeça de mãe Beata, abençoando-a.

— Como assim? — reagi genuinamente perplexo. — Mas eu pedi enfaticamente para que nada fosse parar na mídia! Tinha pedido expressamente para que isso não acontecesse...

Todos me olharam, suspeitando de minhas palavras. Como aquilo teria se materializado, então, na primeira página do jornal mais popular da época? *O Dia* tinha uma tiragem maior do que a dos dois mais proeminentes jornais do Rio e era extremamente popular, com um público composto, em sua maioria, por pessoas das camadas mais humildes.

Passado o primeiro impacto e controlando o espanto em relação a como aquilo havia se produzido, fui invadido por uma sensação boa e, não me contendo, verbalizei:

— Senhores, juro que não sei como isso aconteceu. Eu recomendei a todos que fosse o mais discreto possível e cancelei vários pedidos de entrevistas. Mas vejam também pelo lado positivo!

Todos me olharem como se eu fosse um lunático. Continuei:

— Que oportunidade incrível! Um rabino abençoando a líder espiritual de centenas de milhares de pessoas de matriz africana, da

Umbanda e do Candomblé! Para nós judeus, que somos sempre vistos como extraterrenos e herméticos, termos essa bela imagem — a de uma sacerdotisa pedindo uma bênção... — é algo muito positivo... É muito poderoso! Para os judeus, em geral vistos como uma elite apartada, trata-se de uma incrível oportunidade de se afastar desse estereótipo.

Acho que não fui suficientemente convincente. Voltaram a me advertir de que essa seria a última vez, e que eu teria que ser ainda mais cuidadoso. Oficialmente, restava uma única apresentação programada com reb Zalman, que ocorreria na própria sinagoga. Na noite do dia 31 de dezembro, reb Zalman voaria de volta para casa.

Telefonei para Rubem César e comentei sobre o ocorrido. Ele esclareceu a questão:

— Esqueci de te contar isso. Quando chegamos, soube que a mãe Beata tinha convidado um repórter do jornal *O Dia* para documentar o encontro. Mãe Beata está enfrentando uma verdadeira guerra religiosa por toda a Baixada Fluminense, onde terreiros estão sendo invadidos e destruídos para, em seguida, serem convertidos em templos evangélicos. Ela queria um registro que mostrasse as tradições de matriz africana lado a lado com outras religiões do Ocidente e, com isso, combater a ideia de que essas tradições são primitivas e desprestigiadas.

Estava explicado. Fui à banca de jornal e comprei vários exemplares para guardar de recordação. Achei fascinante o escopo da telepatia. Em grego, "tele" quer dizer "longe", enquanto "patia" significa "passagem": o longe aproximado, por via de uma senda, de um caminho. A clássica conversa de tipo mente a mente, ou seja, sem a intermediação da linguagem, é a mesma que vemos em nossos dias nos telefones sem fio e em outras tecnologias telepáticas. Certamente, a aproximação de tradições distintas e distanciadas foi e é uma forma de telepatia!

*Aquele que adentra uma cidade e teme o mau-olhado deve segurar o seu polegar esquerdo com a mão direita e o polegar direito com a mão esquerda e dizer: "Eu, fulano de tal, sou descendente de José, sobre quem o mau-olhado não tem poderes!"*

Talmude Ber. 55b

# Tempos messiânicos por um dia

Faltava, então, um último evento programado por ocasião da visita de reb Zalman: a palestra na sinagoga, que teria um conteúdo mais voltado para a comunidade judaica. Eu acreditava que aquela era uma oportunidade para fazerem renovações profundas que conflagrassem um novo momento, um ponto de inflexão.

Era o penúltimo dia do ano — época em que instituições já não fazem eventos. A sinagoga queria dar folga aos funcionários, mas tinha ainda que atender à programação. Assim como com o "Woodstock" em Sacra Família, no início ninguém acreditava que haveria público. No entanto, dadas as controvérsias que os rabinos e a ala mais ortodoxa tinham produzido ao longo daqueles dias por conta da presença de reb Zalman no Rio, todos queriam estar presentes. Havia rumores, inclusive, de que grupos mais radicais tentariam tumultuar o evento, mas só o que sabíamos era que estava tudo esgotado, com mais de duas mil pessoas inscritas e outras tantas na lista de espera.

Como havia prometido a reb Zalman, no sábado à noite o levei para conhecer um ritual de Candomblé que uma pessoa havia recomendado, lá para os lados do Irajá. Reb Zalman o aproveitou intensa e respeitosamente, interessando-se por pormenores da liturgia e do culto. Saímos de lá de madrugada, comigo preocupado ao volante, porque era um período bastante violento na cidade. No sábado à noite havia tiroteios, e na época não dispúnhamos de aplicativos que anunciam onde estavam ocorrendo.

Eu acelerava pelas ruas vazias quando reb Zalman perguntou:

— O que é isso? — Não tinha percebido, mas havíamos passado por um grande portão de ferro no qual estava incrustado o símbolo judaico da estrela de David. A princípio não o reconheci, mas logo me dei conta de que estávamos em Inhaúma, em frente ao cemitério israelita das polacas.

Essa é uma história, se não paranormal, com certeza fora do normal. No início do século XX — e isso ocorreu por quase um século —, mulheres judias polacas se prostituíam em cidades como Rio de Janeiro, São Paulo, Buenos Aires e, até, Nova York. Nascidas no Leste Europeu e conhecidas como "polacas", essas prostitutas eram pobres, muitas vezes analfabetas e sem dote para um bom casamento. Muitas fugiram de seus países ameaçadas por ondas de antissemitismo e acabaram recrutadas por cafetões, muitos também judeus.

Tentei fazer um breve resumo do caso para reb Zalman. Ele ficou fascinado com o fato de ter sido aquele o primeiro cemitério exclusivamente judaico inaugurado na cidade. Justamente por serem estigmatizadas e por não lhes ser permitido serem enterradas no cemitério do Caju, que tinha uma gleba judaica, elas fundaram seu próprio campo santo. Assim, elas preservavam suas tradições e mantinham os rituais judaicos. É sabido, também, que pagavam um cantor religioso para oficiar as Grandes Festas, já que tampouco eram bem-vindas nas sinagogas da cidade.

— Vamos parar! — disse ele.

Tentei convencê-lo que era perigoso. Ele insistiu, dizendo que nada aconteceria conosco e que não poderíamos sair dali sem proferir um *Kadish* — a oração dos mortos — para aquelas mulheres. Não tive escolha a não ser encostar o carro. Saímos, eu olhando preocupado para todas as direções. Reb Zalman, por sua vez, foi até o portão e ficou olhando para dentro daquele cemitério na madrugada do Rio de Janeiro. Do lado de fora, vale dizer, a realidade era definitivamente mais assustadora...

Tive que me render ao momento, que foi sereno e muito tocante: Reb Zalman fez a oração num tom perfeito, e a madrugada carioca respondeu com uma paz incomum, tendo ao fundo o cantar de um galo e, ao longe, uma roda de samba quase imperceptível.

No dia seguinte, levei-o junto com sua esposa para passearmos todos. Como sabia de seu interesse pelo que ele chamava de "frutos da terra", preparei uma cesta com os frutos mais exóticos do nosso país tropical: graviola, cajá, atemoia, caju e vários tipos de manga. Os tais "frutos da terra" que ele costumava citar eram emanações e manifestações da terra de algum lugar específico, pois cada recanto deste mundo se exterioriza em suas respectivas fauna, flora, em seus respectivos frutos e culturas. Ficamos então conversando enquanto o casal experimentava os novos e variados sabores, que revelavam, em seu néctar, um pouco mais sobre como esta terra se deixava banhar pelo sol e pelas águas.

Para cada uma das frutas inéditas, reb Zalman recitava "Shehecheyanu", uma bênção específica na tradição judaica, própria para situações em que experimentamos algo novo ou infrequente. E assim passamos a tarde, até dar o horário de levá-lo para a palestra na sinagoga.

Quando chegamos, o local estava totalmente lotado. Eu estava extasiado, sentindo que algo de muito grande e importante iria acontecer. Via rostos conhecidos e pensava comigo: "Que bom que fulano veio... Vai ser incrível!" Tive aquela sensação boa, de quando notamos que todo mundo que deveria estar presente estava. Era uma oportunidade única! E mesmo a presença claramente identificável de alguns religiosos ortodoxos que ali compareceram só para criticar, ou mesmo atrapalhar, acrescia o senso de que algo excepcional estava para acontecer.

Reb Zalman falaria sobre uma nova forma de olhar o mundo. E vê-lo e ouvi-lo naquela ocasião, com o seu profundo conhecimento da tradição aliado à sua criatividade e carisma, seria glorioso!

Fui até o microfone e, brevemente, anunciei sua entrada com grande comoção. Quando reb Zalman subiu ao palco, um silêncio denso, de respeito e expectativa, se instaurou. Então ele fez uma breve introdução e, antes mesmo que começasse a aquecer a noite com suas ideias e conceitos, falou:

— Vou aceitar três perguntas do público!

Eu, que estava encantado olhando o público, como que acordei de um transe: O quê? Então ele já estaria anunciando o fim de algo que nem sequer começou? Não entendi nada e corri para o palco por uma entrada mais discreta que havia na lateral. Fui até ele e sussurrei:

— Reb Zalman, temos o tempo que quiser... Uma hora ou mais e, aí sim, as perguntas. Pode continuar.

Um tanto quanto embaraçado, ele então me disse:

— As frutas...

— O que tem as frutas? — perguntei como se fosse um enigma esotérico.

— As frutas me fizeram ficar com desarranjo intestinal... É o que consigo.

Aquela realidade absolutamente concreta e contundente me pegou desprevenido. Era uma coisa elementar e óbvia, mas não parecia fazer sentido... Como perder aquela oportunidade espiritual por conta de algo tão dramaticamente físico e mundano?!

E, é claro, o real se impôs: Reb Zalman respondeu às tais três perguntas, que eram desarticuladas entre si pelo fato de ele não ter podido construir antes nenhuma proposição contundente. Elas foram respondidas com sua costumeira graça e inteligência, é certo, mas aquilo não decolou. Reb Zalman agradeceu e as pessoas começaram a se levantar para sair.

Tenho certeza de que não tiveram a mesma decepção que eu tive, porque não sabiam exatamente o que esperar. Eu poderia ter esclarecido que reb Zalman não estava se sentindo bem, mas acompanhei a desistência que ele mesmo impôs; ou então ele mesmo poderia ter dado alguma desculpa apenas para salvar um pouco a cara daquele evento, mas escolheu não fazê-lo. Fiquei arrasado. Algumas pessoas passavam por mim e diziam "muito legal!", mas eu não sabia avaliar se estavam tentando ser gentis ou se, segundo sua perspectiva, aquilo foi suficiente e as atendeu bem. Acho que não.

Fui até o estacionamento para pegar meu carro, sempre sendo parado por pessoas que me cumprimentavam pelo evento; ou pelos vários eventos em série que havíamos realizado; ou, ainda, simplesmente para socializar comigo. Foi quando o motorista do carro em que estava o rabino parou ao meu lado. A janela do carro se abriu e reb Zalman me disse:

— Desculpe, Nilton querido... Eu sei que você esperava mais! Muito mais! No entanto, é assim mesmo... Não é possível fazer certas coisas numa única noite. Você tem uns vinte anos de trabalho pela frente! Porque as pessoas não têm nem essa abertura, nem essa energia, que, apesar de intensa, era difusa e não continha a potência que você havia imaginado.

A janela se fechou e o carro partiu.

Fiquei com aquele aviso-ensinamento ressoando na minha cabeça. Entendi vagamente que a tentativa de conduzir as pessoas até certas "verdades" é algo que não ocorre por convencimento. Certos muros são muito resistentes, e um tempo de erosão se faz necessário para que eles de fato cedam. Além disso, paradigmas precisam ser desconstruídos antes que novos possam se erguer.

Minha espiritualidade juvenil havia envelhecido um pouco naquela noite.

No limiar entre o céu e a terra, existem coisas que não conseguem se manifestar. Percebi que utopias messiânicas, revoluções de padrões ou a simples maturidade não podem ser apressadas. O caminho é mais relevante que a chegada — coisa que Moisés concebeu ao se dedicar mais ao processo do deserto do que à própria conclusão da chegada.

Pobres frutas tropicais que, inocentes, deram fim e limite ao sabor fugaz dos tempos messiânicos.

# *Barrado no Paraíso*

A minha situação na sinagoga tinha ficado esquisita. Era uma combinação entre eu parecer um *enfant terrible,* quer dizer, um espírito indomável cheio de ideias (e que as colocava em prática), e o próprio sucesso da empreitada. O êxito sempre modifica o ambiente, além de nos demandar maturidade para entendermos a transformação que se processou. Eu sentia que havia um clima estranho no ar, e procurei ficar atento para não cometer nenhum ato que pudesse se configurar como um possível "delito".

No dia seguinte ao da palestra na sinagoga, logo pela manhã, fui à casa onde reb Zalman e a esposa Eve estavam hospedados. Era um daqueles apartamentos enormes na avenida Atlântica, de frente para o mar, que uma pessoa havia cedido. Um mestre de renome visitando a cidade é algo que abre portas entre os mais ricos, sempre afeitos ao mundo espiritual. Às vezes, trata-se do simples refinamento de se poder dar ao luxo de pensar em coisas espirituais — enquanto que os mais pobres não raro se veem impelidos apenas ao mundo físico da sobrevivência ou a outras dimensões da vida que, repletas de culpas e compensações, são realidades que também existem. Mas o fato é que alguém de boa vontade ofereceu-nos aquele apartamento, junto com um motorista e uma cozinheira que muito me ajudaram a organizar a alimentação e o transporte dos meus dois convidados.

Uma das verificações mais eficazes acerca da qualidade de uma pessoa é sua relação com aqueles que trabalham com ela ou para ela. Nesse quesito, reb Zalman e Eve passaram com louvor. Mesmo com a barreira imposta pela língua, tanto a empregada como o motorista estavam encantados com o casal. Era quase uma devoção, como se eles tivessem percebido alguma dimensão espiritual real, e que lhes dizia respeito. Eu inferia isso observando a preocupação exagerada de ambos com os convidados, como se fossem devotos de clérigos de suas próprias tradições religiosas; confesso que, para com eles, tinham até maior deferência do que eu — o que a rigor diz muito sobre reb Zalman e Eve.

Quando cheguei, estavam fazendo as malas porque viajariam no dia seguinte. Eu havia conseguido passagens de primeira classe gratuitamente, mas tive que aceitar que eles partissem na noite de 31 de dezembro: era alta temporada na cidade e apenas nessa noite tinham passagens de volta disponíveis.

Eu sabia que reb Zalman teria grande interesse em ver a linda manifestação religiosa que era o *réveillon* no Rio de Janeiro. Em vez do calor e da fumaça dos fogos de artifício, foco da festividade de fim de ano hoje em dia, naquela época o calor e a fumaça vinham das danças, dos cachimbos e das fogueiras das rodas de Umbanda e de Candomblé que ocupavam a orla carioca. Estranha essa fraqueza humana! — a de trocar o interno pelo externo, como crianças facilmente ludibriadas por aparências.

Em todo caso, eu queria que reb Zalman conhecesse um pouco do gosto dos "frutos da terra" que era, também, aquela linda demonstração de fé e tradição. Como o avião partiria tarde da noite, eu sabia que seria possível mostrar aos meus convidados o início de toda aquela celebração antes de levá-los ao aeroporto.

Fui até a cozinha para falar com a empregada sobre os arranjos daquele final de estadia, e a encontrei decorando um pequeno barco de madeira sobre a pia. Claramente, era uma oferenda a Iemanjá, o orixá feminino que é a "mãe dos peixes", muito homenageada na virada do ano.

— Preparando sua oferenda a Iemanjá? — disse eu displicente e íntimo.

— Minha não! Essa é do rabino! Foi ele que me pediu para preparar. Tudinho como tem que ser... — E foi apontando para as flores, a cachaça e os outros itens próprios de uma oferenda a Iemanjá.

Sorri sem graça e voltei correndo para o quarto onde eles arrumavam as malas. Estava furioso. Como assim, uma oferenda para o rabino ofertar? Copacabana era um bairro com grande presença judaica, e reb Zalman tinha se tornado um personagem muito conhecido, seja pelo burburinho interno da comunidade, seja pela exposição à mídia, para passar incólume. A chance de que o vissem fazendo essa oferenda era enorme, e como eu iria me explicar desta vez? Eu me sentia responsável por ter trazido aquela personalidade e lhe dado voz, e fiquei preocupado.

Aos olhos do leitor, pode parecer que não havia nada de mais nisso. No entanto, devido às polêmicas e principalmente à maneira como a sinagoga foi absorvendo a pressão que faziam, aquilo fatalmente ajudaria a desacreditar e desautorizar a figura de reb Zalman e, por consequência, a minha. Na época, era aceitável que se participasse do diálogo religioso e da tolerância inter-religiosa, mas aquilo era muito diferente, porque envolvia fazer uma oferenda pessoal e participar diretamente em um ritual alheio. Devo dizer que eu mesmo fui contaminado por dúvidas... Teria eu me encantado em demasia e trazido um charlatão, um desses oportunistas que abundam por aí disfarçados de curandeiros e benzedores sem qualquer compromisso com a ancestralidade e com os critérios de uma tradição?

Adentrei o quarto e questionei reb Zalman.

— O que significa essa oferenda que você pediu à moça? — falei abruptamente, me surpreendendo com o meu próprio grau de afetação.

Reb Zalman me olhou surpreso e, antes que pudesse argumentar, Eve veio em meu socorro: ela fitou reb Zalman de uma forma repreensiva muito íntima, dessas que só casais ou parceiros sabem fazer. Reb Zalman se conteve.

— Zalman, eu te falei que isso é muito delicado e que pode colocar o Nilton numa situação difícil.

Reb Zalman acolheu o golpe como uma criança que é proibida de comer algo muito gostoso ou de fazer algo que queria muito. Aos poucos, foi desarmando a expressão de contestação esboçada e pareceu aceder à razão. E assim, abonado por Eve, fui me tranquilizando. Eve e Zalman tinham uma relação de respeito superbonita e não eram raras as vezes em que, mesmo investido como um "mestre", reb Zalman se voltava publicamente para ela e pedia conselhos. "Pois ali estava um desses bons conselhos para ele escutar!", pensei.

Desfeito o mal-estar, esperei que terminassem de arrumar as malas. Tínhamos um programa naquela manhã: Reb Zalman iria pular de asa-delta. Acho que por gratidão de que tivesse aceitado meu convite e vindo para uma parte tão marginal e periférica em relação ao seu mundo, programei vários momentos que imaginei seriam inesquecíveis para ele. Entre esses momentos, a possibilidade de ver o Rio de cima, no silêncio e na leveza de um passeio de asa-delta. Eu sabia que a alma de reb Zalman apreciaria o inusitado e o radical do convite, e que ele saberia colocar isso no contexto espiritual necessário.

Eu tinha um querido amigo que era um dos mais experientes instrutores de voos, a quem confiaria reb Zalman sem receios. Ruy Marra se dispôs a embarcar um rabino de 71 anos mais pesado do que o ar — mas com o espírito leve como uma pluma — para pairar com ele sobre a serra, a mata e o mar cariocas. Reb Zalman, que tinha 11 filhos, teria que ocultar isso: seu seguro de vida poderia avaliar seu estilo de vida como excessivamente radical... Com certeza, o ancião contempla sujeições e interdições como se estas fossem próprias e específicas, tal qual se dá na infância.

Reb Zalman escreveria mais tarde sobre esse voo, descrevendo-o como o "sonho de ser pássaro". Todas as espécies não aladas se ressentem da falta de movimentos nas três dimensões. Quando saímos do plano e nos movemos verticalmente, experimentando a sensação de que é o nosso próprio ser que faz esse movimento (em vez de sermos conduzidos por uma nave ou embarcação), algo de catártico ocorre, como se isso fosse um rompimento com as limitações hereditárias, e ganhamos transcendência.

Esse dia de voo coroou a visita mágica de reb Zalman ao Brasil. Havia sido um voo para mim também, e eu nem fazia ideia ainda de seu alcance. À noite fui buscá-los, agora sim para o voo real, o do retorno. Como combinado, íamos descer até a praia de Copacabana, assistir aos rituais de matriz africana que aconteciam na noite de *réveillon* e seguir para o aeroporto.

Entramos eu, reb Zalman e Eve no elevador e, antes que a porta se fechasse completamente, a empregada abruptamente a abriu:

— O senhor quase esqueceu! — disse ela ofegante e triunfante com o tal barco de oferenda todo paramentado à mão.

Um silêncio se instaurou. Olhei para Eve, e reb Zalman, sem se dar por rogado com a minha presença, sorridentemente pegou o barco das mãos da empregada.

A porta se fechou e o silêncio continuou — Reb Zalman com seu conspícuo barco nas mãos e eu tentando conter a minha indignação. Saímos do prédio, eu seguindo um pouco mais atrás e pensando como conseguiria harmonizar aquilo tudo diante do que estava sentindo naquele momento. Acompanhei-os até a praia e lhes mostrei algumas das rodas rituais que seguiam o ritmo dos atabaques. Como sempre, muitos odores entre agradáveis e nauseantes, fumaças e sons. Reb Zalman havia deixado o barco de oferendas na areia, e pensei comigo mesmo que de modo algum iria acompanhá-lo na hora em que fosse realizar seu ritual.

Em dado momento, dei pela falta do casal. Eles haviam seguido para cumprir seu rito, enquanto eu permanecia imóvel contemplando o culto que acompanhávamos. Senti muita curiosidade. Como será que reb Zalman iria fazer esse ato devocional tão fora dos parâmetros de sua tradição? Aquele não era um mero ato de apreciação de algo que pertencia a outra cultura; era, isto sim, sua incorporação enquanto manifestação pessoal. Nunca tinha visto isso a não ser na esfera do descumprimento e do desrespeito.

Comecei a procurá-los em meio à multidão que se aglomerava na beira do mar, e ao longe reconheci reb Zalman, que havia arregaçado a bainha das calças compridas e adentrava o mar. Repentinamente, fui assolado por uma sensação taxativa de que não deveria olhar; que seria uma intromissão equivocada da minha parte, como se algo muito pessoal estivesse acontecendo e meu julgamento estivesse no lugar errado. De pronto me lembrei da história do *Pardes*, dos quatro sábios que adentraram o pomar. Em hebraico, *Pardes* quer dizer pomar, daí a etimologia da palavra "Paraíso". *Pardes* é também o acrônimo de quatro níveis de interpretação segundo a tradição judaica: o literal, o alusivo, o simbólico e o secreto. Diz esse mito fundador das escolas místicas do judaísmo que dos quatro sábios que adentraram esse pomar apenas um saiu ileso. Quanto aos demais, um enlouqueceu, outro se tornou herege e o último se extinguiu.

Há territórios que não são espaços, são instâncias. Adentrá-los pode parecer, para quem está em outra esfera, equivocado a ponto de se poder perder a razão, a fé ou a vida. O entendimento modifica a realidade; o lugar onde reb Zalman entrava, portanto, a ele eu não tinha acesso. Poderia até tentar impor a minha entrada, mas veria e experimentaria de tudo num lugar que, afinal, não me permitiria sair ileso.

Passaram-se vários anos até que eu pudesse conversar com reb Zalman sobre aquela noite e aquele momento. Contei a ele que parei e me detive ao longe porque não podia acompanhá-lo. Ele sorriu e disse que, para se fazer aquela jornada, realmente era fundamental mergulhar muito, muito fundo. As tradições espirituais são muito diversas e, por isso mesmo, é essencial que tenham sua configuração particular. Nas profundezas, porém, elas se encontram e se fundem em algo universal. Se você não estiver nessas profundezas, de fato o que verá será herético, alucinante ou destrutivo.

Não sei como seu barco singrou por entre as marolas de Copacabana. Sei que reb Zalman regressou. Quanto a mim, em poucas semanas eu receberia a notificação de minha demissão da sinagoga — tudo feito de forma muito elegante, abafada e sem qualquer justa causa. Ninguém admitiria que foi em "injusta causa" — apenas que, simplesmente, a expectativa era a de outro perfil de rabino.

E meu destino avançou. Anos depois, reb Zalman também me revelou que ambos, ele e Eve, ficaram preocupados e divididos. Não queriam me prejudicar no meu trabalho, mas tinham uma forte intuição de que aquilo tudo tinha sua razão de ser; e de que a semente deveria procurar outra terra que fosse mais fértil para ela. De fato, não adentrei naquele dia no Paraíso, com muito ainda para aprofundar, mas agora, já não nas linearidades dos planos, poderia fazê-lo por verdadeiros voos tridimensionais. É que aprendi que se voa não só para o alto, mas também para si, para dentro e para o fundo!

*"E fez Deus as feras da terra conforme a sua espécie!" (Gen. I:25)*

*Segundo rabi Judah, isto se refere aos demônios. O Criador criou as suas almas, mas, quando Ele estava por criar-lhes um corpo no sexto dia, a santidade do Shabat se iniciou, e Ele não os criou mais!*

Gen. Raba 7:5

## *A entidade no manicômio*

Numa dessas tardes rotineiras, minha secretária veio bater comigo a agenda. Queria confirmar alguns eventos, e ao sair voltou-se para trás e disse:

— Já ia me esquecendo! Ligaram do Instituto Pinel convidando para participar de uma cerimônia ecumênica... Acho que é para celebrar os 150 anos da fundação.

Aquele compromisso se instalou em minha agenda com meses de antecedência. Muitas vezes, a sensação de que determinado evento ocorrerá muito à frente no tempo nos leva a aceitá-lo como se o futuro fosse uma marca longínqua, a perder de vista. Esse futuro, porém, é ao contrário uma obstrução absoluta, instalada no destino que não se poderá evitar.

E assim foi: do aceite do convite à lembrança de que no dia seguinte eu teria que estar às 10h30 em Botafogo, no Instituto Philippe Pinel — atual Instituto de Neurologia —, foi um piscar de olhos. Tudo com que você se comprometer chegará, e as chances de que chegue logo são grandes!

Não me recordo se foi uma típica situação de procrastinação, como revelam vestígios desse meu desanimado introito, ou se foi por conta de um desses atrasos grosseiros que cometemos. O fato é que precisava chegar ao Palácio Universitário da UFRJ, próximo à Urca, mas, com o trânsito e seja lá o que mais tenha acontecido, eu já estava com mais de uma hora de atraso. Em situações como essas, normalmente eu ligo, dou alguma desculpa e cancelo minha participação. Dessa vez, no entanto, não consegui encontrar o número da pessoa responsável, e resolvi não furar. Tinha certeza de que o evento já estaria no fim, mas pelo menos não deixaria de demonstrar meu esforço.

    Estacionar naquela região foi superdifícil. Eu conhecia o prédio do Pinel com entrada para a rua Venceslau Brás, quase em frente à sede do Botafogo, e foi por lá que entrei esbaforido tentando encontrar o auditório no qual o evento ocorreria. Não havia me dado conta de que a entrada do dito auditório era voltada para a avenida Pasteur. Aquele era o Hospício Pedro II, que em 1937 ganhou o nome de Instituto de Neurossífilis, depois passou a se chamar Instituto Philippe Pinel (em homenagem a um dos primeiros psiquiatras) e, finalmente, Instituto de Neurologia — ligado à UFRJ. "Pinel", desde minha infância, era a forma politicamente incorreta de chamarmos jocosamente alguém de louco. "Tá Pinel?" era uma expressão que, é claro, veio à minha memória ao adentrar o prédio.

    Não encontrava o auditório de jeito nenhum e fiquei ainda mais ansioso, porque já tinha atingido a marca de uma hora e meia de atraso. Profissionais de jaleco surgiam de todos os lados; nas laterais, eram cadeiras com familiares; e, no meio de todo esse agito, era eu procurando o local do meu compromisso. Após virar em vários corredores, perguntei ofegante a dois sujeitos que vinham na minha direção:

— Sabem onde é o salão da cerimônia ecumênica?

Só então parei para perceber os detalhes daquela cena: de um lado, dois enfermeiros desses que vestem camisas de força em pacientes; do outro eu, com meu terno e cabelos desgrenhados, completamente atarantado pelos corredores do Pinel.

— Quem é o senhor? — perguntou um deles em tom desconfiado.

— Sou o rabino... — respondi seguro de mim.

De súbito, me dei conta do risco que corria: por uma fração de segundos, eu, que já não tenho o *physique du rôle* rabínico (seja pela ausência da barba e dos estereótipos do judeu ortodoxo, seja pelo meu jeito jovial e informal de ser), pude perceber a reação deles à minha afirmação "sou o rabino", como quem diz "e eu sou Napoleão!". Por pouco não fui internado! Então rapidamente me recompus e apresentei dados de realidade, como o evento que ocorria, os 150 anos da instituição e coisas do gênero, para diminuir a súbita tensão.

Quando finalmente me desvencilhei dos enfermeiros, consegui a informação de que o evento ocorria num prédio da universidade, e não no próprio Pinel. Na porta, me esperavam a diretora e mais duas senhoras. Eu tinha certeza de que o evento já havia terminado.

— Rabino! Que bênção que o senhor chegou! — disseram com grande alívio.

Confesso que aquela recepção calorosa me surpreendeu, porque eu estava esperando, no mínimo, alguma anedota irônica ou censura ao meu atraso absurdo.

— Me desculpem pelo atraso, é que...

— Não tem problema! Problema algum! O importante é que o senhor chegou. Veja... O padre e o pastor acabaram cancelando, e na última hora a mãe de santo e o representante espírita também não puderam comparecer! E estamos com toda a instituição aqui esperando, sabe...

E elas puxaram a ponta de uma pesada e antiga cortina, desvelando o auditório que devia ter umas quinhentas pessoas naquele dia, todas disciplinadamente sentadas no mais profundo silêncio.

— Rabino, elas estão tão emocionadas... Estávamos com muito medo de que ninguém viesse. E graças a Deus o senhor apareceu. Então pode começar o ato ecumênico a hora que quiser... Estamos todos prontos!

Para quem achava que o evento já teria terminado; ou se imaginou dando uma desculpa qualquer e ficando livre para voltar à sua vida e aos seus assuntos, aquilo parecia um pesadelo.

— Mas como assim "iniciar o serviço ecumênico"? — falei olhando para elas com perplexidade. — Um serviço ecumênico pressupõe que haja outras tradições religiosas, para que cada uma faça a sua parte. Eu não posso, sozinho, fazer um serviço ecumênico!

Elas me olharam com espanto e, principalmente, com uma expressão que parecia dizer que não havia alternativa. Como se dissessem algo como: "No mundo da loucura, não existe a impossibilidade!" E, antes que me ocorresse alguma outra argumentação, olhei de novo para aquele auditório em espera, como se estivesse no aguardo do próprio Messias. Realmente, não havia escolha.

Quando entrei no palco, as pessoas se levantaram e, quebrando o silêncio desalentado em que se encontravam, despertaram em sons e muitos aplausos. Pensei comigo, rapidamente, que teria que entrar em algum tipo de transe; ou então receber uma entidade — alguma entidade ecumênica — para dar conta do desafio. Meio serviço religioso, meio programa de auditório, me investi de algo semelhante àqueles ritos evangélicos de massa, ou ao estilo dos padres-celebridades de nossos tempos. É preciso lembrar que nada disso existia na época! Comecei então entoando um *nigun*, que é uma melodia chassídica dessas que não têm letra, mas apenas "oi, oi, ois" e "lá, lá, lás".

Para a minha surpresa, nunca tinha visto — e talvez não torne a ver — uma plateia tão participativa, pois todos, sem exceção, participavam. Alguns tentavam me acompanhar no canto em tons e notas próprias, sem grandes compromissos com a excelência da execução musical, mas com muito senso melódico. Outros batiam palmas, mas não dessas automáticas e repetitivas: havia em seus rostos um sorriso que acompanhava o ritmo das palmas, revelando ser aquela uma ação da alma, e não das mãos. Outros, ainda, dançavam ou se olhavam entre si, como que comovidos com o que estava acontecendo. Não havia sequer uma alma alienada ou alheia naquele grande grupo. Éramos um todo.

Recitei salmos, e dezenas de pessoas moviam os lábios, como se estivessem recitando um "amém" universal junto comigo. Estávamos próximos do fim do ano e falei do Natal. Não lembro o que disse; só sei que era algo simples, cativado que estava pela singeleza daquela audiência. Fui me dando conta de que a loucura, talvez, não precisava ser uma versão delirante de nós mesmos ou uma anomalia incontinente do ser, mas uma entidade.

Nossa consciência nos contrai, limitando-nos a uma definição claustrofóbica acerca de quem somos. A possibilidade de não ser habitado por seu próprio ser é, em geral, traduzida como um pesadelo, como uma fobia existencial.

Daquele mundo de disfunções, pois, emanavam atributos de interatividade, serenidade e comunhão que não costumamos ver nas ruas ou nas relações institucionais. Por exemplo: certa vez encontrei um "louco" à porta da Assembleia Legislativa do Rio de Janeiro (Alerj) que anunciava em alto e bom som: "Lá dentro são todos malucos!" De fato, não precisei de muito tempo visitando a Alerj para me dar conta de onde estava a real versão da sanidade.

Seja como for, naquele dia, no Pinel, fui padre, pai de santo, pastor, imã e rabino. Independentemente do que fui, porém, talvez aquela tenha sido uma das vezes em que mais me distanciei de mim mesmo e de minha identidade. Quem sabe fosse mesmo "Napoleão" e, até, rabino... Que os enfermeiros não nos ouçam!

Entendo o medo que temos de sermos possuídos, mas talvez devêssemos estendê-lo também ao medo de sermos demasiadamente possuídos por nós mesmos. Esse espírito, essa alma penada que pode se apoderar de nós, às vezes pode estar em aspectos de nossa personalidade que o representam. E muitas "loucuras" também podem estar bradando de fora, isto é, a partir da vida, que o "doido" está dentro de nós. É a esse "exorcismo" das autopossessões que se dedicam a psicanálise, a psiquiatria, a neurociência ou qualquer outro saber que proponha salvar-nos de nós mesmos.

## *Possessão I*

Já que o assunto passou pelos loucos, gostaria de contar uma história. Meu compromisso de relatar apenas coisas que realmente aconteceram permanece. O que vou contar, no entanto, não aconteceu exatamente comigo, mas me foi relatado por um amigo próximo que frequentava a sinagoga. A história me impressionou tanto que a utilizei para outros fins em O *segredo judaico de resolução de problemas*, um livro sobre lógica que publiquei pela editora Rocco, mas repito-a aqui, agora ambientada em zonas crepusculares.

— Eu estou aqui, vivo, por conta desta história! Não é pouca coisa! — disse-me ele impressionado com as próprias palavras durante o *kidush*, um lanche de confraternização que as sinagogas oferecem depois dos serviços religiosos.

Segundo ele me contou, certa feita, num vilarejo da Polônia — país natal de seu pai —, às vésperas de um casamento, ouviu-se um terrível grunhido no quintal da casa da noiva. O grito era aterrador e todos ficaram realmente muito assustados. Afinal, a tradição judaica acredita que uma noiva em véspera de casamento fica muito vulnerável. Por essa razão, é costume se fazer uma vigília na noite anterior às núpcias, com o intuito de evitar que os maus espíritos (ou coisas ruins, em particular pensamentos) se aproveitem da vulnerabilidade da noiva. No folclore da tradição judaica, inclusive, existem vários relatos de possessões de noivas na véspera do casamento. É possível que a origem dessa crença venha do fato de as noivas serem moças muito jovens, quase meninas, e, por essa razão, ocorrerem crises e surtos com a aproximação das núpcias. A violência de ter que sair da casa dos pais e enfrentar a vida ao lado de um marido, com quem se tem pouca ou nenhuma convivência e intimidade, talvez explique o fenômeno.

Seja como for, a presença de gritos aterrorizantes vindos do quintal de uma noiva às vésperas do casamento dava o que pensar. Rapidamente, o rabino da localidade foi trazido à casa para elucidar o mistério. Ele, porém, também ouviu os terríveis urros e ficou bastante assustado, e resolveu que não iria pessoalmente ver o que era, pois poderia ser muito perigoso. Mandou, então, buscar o "tolo" (isto é, o lunático da cidade) para que fosse lá verificar a origem de tão terrível grito. O rabino tinha certeza de que estava diante de uma situação extremamente complexa e perigosa.

O louco foi trazido e mandado para a direção de onde provinha o aterrorizante ruído. Não demorou muito e ele retornou despreocupado. Todos o cercaram, ansiosos e curiosos para saber do que se tratava. Tranquilamente, o louco explicou que não havia nada a temer. Segundo ele, os gritos não passavam de coisa absolutamente explicável: uma velha árvore havia tombado e seu tronco ficado no chão. Com o tempo, o tronco apodreceu e se tornou oco e, agora, o vento passava por dentro dele produzindo aquele som estranho. Logo, era apenas o efeito sonoro causado pela passagem do vento pelo interior do tronco em decomposição.

Todos ficaram aliviados, com exceção do rabino. Naquela noite, ele reuniu a comunidade e recomendou que todos os habitantes da região fizessem suas malas: eles iriam embora em imigração coletiva. Para o rabino, o sinal era evidente. Ninguém compreendeu, mas sua recomendação foi acatada.

Essa é a história de um pequeno vilarejo cujos habitantes imigraram por sugestão de seu rabino e, por causa disso, foram integralmente salvos da loucura nazista que ali se instalaria pouco depois desse incidente.

O rabino ouvira gritos bem reais; gritos que vinham do futuro e que, desafiando a mais fértil e maligna das imaginações, se dispunham a prognosticar o horror. Os urros eram, portanto, reais. Mas como pôde o rabino distinguir tudo isso a partir das informações de que dispunha?

O que ele fez foi entender o enigma. Um grito na casa de uma noiva na véspera das núpcias — eis a primeira informação. É trazido então o louco, que faz uma leitura racional e bastante convincente de um fenômeno natural explicável. O rabino desconfia. Afinal, mandara trazer um lunático justamente porque este seria menos resistente a acolher uma realidade oculta, caso viesse a se deparar com uma. Porém, em vez de um relato absurdo, que mesclasse fantasia e superstição, o louco apresentou um discurso que não é próprio de um louco... É que o louco não enxerga a realidade tal como ela é. Daí a conclusão do rabino de que havia ali um olhar invertido; e de que não se tratava de um fenômeno natural, mas de sons realmente premonitórios.

Graças a essa tomada de decisão do rabino, a pessoa que me relatava a história, seu pai e toda a sua família se salvaram do Holocausto nazista.

Acho essa história riquíssima não só por seu valor no campo da interpretação, mas também por localizar com precisão a zona crepuscular. Entender que o sobrenatural e o natural se entrelaçam, e que o fazem enquanto vibrações que se alternam, é uma chave importante. Tudo é natural até que não seja e se faça sobrenatural, e vice-versa.

Sem dúvida, há aqui um duplo sentido na ideia de "noiva não possuída", já que a imagem serve para se referir tanto a encostos espirituais, como a noites de núpcias. No entanto, a noiva é o médium, o meio que permite a inflexão entre o natural e o sobrenatural. Essa zona, a crepuscular, ela é fronteiriça entre o interno e externo, entre o real e o pessoal. Nesse sentido, somos todos médiuns, porque somos todos possuídos por nossa identidade. Ela é a noiva, a vulnerabilidade à qual, se prestarmos a devida atenção, nos dará as mãos para adentrarmos o mundo sobrenatural. E, também, para dele retornar.

*Abaye disse: "Meu mestre aconselhou a não sentar próximo a esgotos, porque os demônios costumam rondar esses lugares."*

*Certa vez, carregadores traziam um barril de vinho e o colocaram no chão, próximo a um cano de esgoto. O barril estourou. Então eles foram até Mar bar rabi Ashi, que trouxe chifres de carneiro (**shofarot**) e exorcizou a criatura que fez a aparição. Mar bar rabi Ashi perguntou: "Por que você fez isso?" O demônio respondeu: "E era para eu fazer o quê, se eles jogaram o barril no meu ouvido?" Mar bar rabi Ashi retrucou: "E o que é que você está fazendo num lugar onde há tantas pessoas? Já que você infringiu a regra ao estar num lugar que não é seu, vá e reembolse os carregadores!" O demônio devolveu: "Fixe um tempo e eu retornarei com o pagamento deles!" O momento oportuno foi combinado, mas, quando ele chegou, o demônio não apareceu. Quando esse último retornou, Mar bar rabi Ashi cobrou dele: "Por que você não apareceu no momento que combinamos?" O demônio concluiu: "Não temos direito de pegar nada que está amarrado, selado, medido ou contado. Por isso, tive que esperar até encontrar um dinheiro que não tivesse dono; ei-lo aqui!"*

Talmude Hulin 105a

## *Possessão II* — O dibuk

No folclore das comunidades judaicas do Leste Europeu, um *dibuk* é um espírito humano que, devido aos seus pecados pregressos, vagueia incessantemente até encontrar refúgio no corpo de alguma pessoa viva, apoderando-se dela. A palavra *dibuk* possui raiz hebraica, e significa grudar ou apegar-se, ou seja, trata-se de um encosto. O folclorista e dramaturgo Shlomo Ansky foi um dos primeiros autores a despertar o interesse internacional pelos *dibuks* por meio de sua peça em iídiche *Der Dybbuk,* de 1916, que viria a se tornar um clássico e seria traduzida para várias línguas.

Certa vez, conversando com o cineasta e teatrólogo Domingos de Oliveira, ele me revelou que tinha feito uma versão do *Dibuk* em português. Fiquei curioso e pedi para ler. Domingos, além de seu trabalho no campo das Artes, era um pensador genial, e tinha conseguido, sem alterar em demasia o texto original, conferir a esse último uma modernidade e uma dimensão metafórica bastante sagaz.

— Domingos! Quero fazer o seu *Dibuk* dentro da sinagoga! Vamos?

Domingos era uma pessoa sempre envolvida em mil projetos, e mais um só iria agregar. E não só isso: a possibilidade de montar a peça dentro de uma sinagoga fez seus olhos brilharem. Em sintonia, talvez, com realidades sobrepostas, que química daria o oculto sendo encenado no lugar do oculto? Tenho certeza de que foi por aí que seu espírito criativo foi irreversivelmente fisgado.

Domingos foi imaginando o elenco e, ao levantar a possibilidade de Priscila, sua esposa, participar, ouviu da própria:

— De jeito maneira! Se vocês querem fazer, façam! Mas eu não gosto dessas coisas místicas, de espíritos etc. Fico muito nervosa... Não participo disso de forma alguma!

A possibilidade de realizar uma peça de terror dentro de um espaço espiritual repelia Priscila na inversa proporção que excitava Domingos. Ela não participaria, portanto, mas não se opôs ao pedido de Domingos de ceder a casa para as leituras e os posteriores ensaios.

No primeiro dia em que nos reunimos, cópias foram distribuídas aos participantes para uma primeira leitura, e nós nos agrupamos em torno de uma mesa de centro cercada de sofás e poltronas. O futuro elenco era composto de uns sete ou oito integrantes, e Priscila circulava oferecendo-nos coisas para beber e interagindo conosco. Seu interesse era visível e ela parecia querer participar, mas seus temores — ou, quem sabe, suas crenças — não lhe permitiam abraçar a ideia.

Mal começamos a leitura e um gigantesco lustre de cristal que pairava sobre a mesa de centro despencou, fazendo um estrondo assombroso — uma combinação do barulho da pancada, do lascar de vidro sobre vidro e do grito de Priscila, que nos fez saltar da cadeira aterrorizados! Em seguida, um silêncio. Estávamos congelados e estupefatos. Quem rompeu o silêncio foi Priscila, que, dando-se conta do que havia acontecido, e saindo da sala na ponta dos pés, murmurou: "Eu falei... Falei para não brincar com essas coisas... Elas existem!"

Ficamos ali, nossos olhares se cruzando enquanto tentávamos juntar os cacos. É claro que havia sido uma coincidência! Por um acaso, o lustre que nunca caíra resolveu fazê-lo no exato momento em que nos reuníamos! Somos nós mesmos, humanos, que ficamos criando conjecturas para um simples fenômeno físico como esse, em que o peso de um lustre se tornou maior do que a força de resistência dos parafusos... Tudo isso, nós pensamos (talvez até tenhamos verbalizado) com raciocínios que ficavam entre a racionalização e a mais pura negação. Porque a outra opção é sempre mais desorientadora — a de considerar que aquilo foi proposto. Guiar-se por essa segunda possibilidade transforma o mundo num contínuo de propósitos que nos obriga a encontrar "razão" para os maiores despropósitos. Esse é sempre o dilema humano. E talvez, precisamente, ele seja o próprio "*dibuk*": o encosto intelectual que o sobrenatural nos impõe.

Nosso intelecto é plasmático, e se nós o orientarmos para acolher determinada informação, esta irá se estender em implicações que comportam todas as outras ideias ou conceitos de que dispomos, tal qual uma colher de açúcar num jarro d'água. Tentar manter uma informação contida numa única parte do intelecto, sem comunicação com todo o resto, é a definição mesma de superstição — do latim "*superstitio*", que significa "profecia" ou "temor excessivo aos deuses". O futuro e o medo são os grandes nutrientes a partir dos quais nossa imaginação concebe as superstições. E todos temos, em alguma medida, esse tipo de "toque", isto é, de resíduos de informações que cronicamente blindamos para que não afetem nossa cognição mais objetiva.

No caso do *dibuk*, a preocupação humana com "pendências" para além da vida está sempre presente. Só humanos podem criar esse temor de não executar ou exercer corretamente seu propósito ou função na vida. A ideia de que deixamos dívidas neste mundo é provavelmente a razão central para a existência de fantasmas. As expectativas e os sonhos não realizados se transformam em espíritos penados, arrasados por sua perda. Esses últimos, portanto, com certeza são o subproduto tóxico dos arrependimentos.

Não se trata de ceticismo, mas da necessidade de conhecermos as contaminações e os efeitos colaterais que impactam o pensar e o imaginar humanos, e de saber dar descontos e fazer aproximações.

Naquele dia, superamos o "aviso" dos céus e prosseguimos com a realização do evento na sinagoga, que se deu à meia-luz e envolto em penumbra, como tudo que é crepuscular. Foi superlinda aquela incursão em zona crepuscular, e não há dúvida de que a ambiência do espaço que o acolheu ofereceu nuances e ângulos muito particulares para falar sobre o além.

Por alguma razão misteriosa, justamente pelo fato de tudo ter transcorrido serenamente, sem nenhuma intercorrência sinistra, ficou reforçada para mim a sensação de que algo extraordinário havia ocorrido naquele episódio. O que não pode ser conhecido se manifesta pelos sincronismos e sinais, mas também por algum ocultamento, pois tudo que é fantasmagórico é mais potente como silhueta e como ausência do que como materialização.

Domingos muitas vezes me repetia que era ateu ou agnóstico. Entendo que intelectuais e artistas muitas vezes tenham essa preferência. No entanto, já notei seu fascínio pelo "além", pela possibilidade de que exista algo fora das fronteiras, debochando e desmoralizando a normalidade. O natural pode ser belo por seu realismo, mas também pode ser muito chato e careta por sua licitude e retidão.

## *Objeto semi-identificável*

Fiquei na dúvida se falaria sobre isso. O que vão pensar de um rabino que já viu discos voadores? Sim, eu sei... Ou melhor, sim, eu confesso, eram objetos dubiamente não identificados. Não sei por que estou sendo tão apologético: se não eram identificados, pressupõe-se apenas, obviamente, o desconhecimento de sua natureza. Acho que o faço porque discos voadores implicam tanto a existência de "entes internos" quanto a de entes extraplanetários. Me explico...

O contato de terceiro grau ocorreu justamente antes de eu iniciar o meu terceiro grau. Tranquei a universidade e me voluntariei num *Kibutz*, algo muito apropriado a ambos os aspectos de minha identidade: a judaica e a de jovem. No trabalho, desempenhava a digna função de lixeiro, cuja nobreza incluía também a de pilotar um pequeno trator, que puxava uma caçamba no reboque. Era a minha nave vista do espaço. Com ela eu recolhia, no fim do dia, o lixo da cozinha e de outros lugares. Iniciava então uma viagem fantástica: seguia por tanques de piscicultura até chegar à praia e, de lá, beirando o mar pela areia deserta, viajava dez quilômetros com minha "nave residual", até encontrar um lixão que ficava a uns quinhentos metros da costa.

Todos os dias repetia o mesmo trabalho e trajeto, feliz da vida. A solidão daquele ritual, compartilhada apenas com Pink Floyd e a incansável música "Echoes", é uma das grandes lembranças de liberdade e emoção que guardo da minha vida na época. Eu atravessava aquele terreno como se estivesse adentrando um novo território, uma nova configuração de tempo-espaço, ambos ditados pelo futuro infinito da juventude.

Fico tentando me lembrar de como eu escutava aquelas músicas, porque não me recordo nem do aparato, nem da tecnologia que me permitiam ouvir repetidamente a fita cassete já castigada pelo uso. Tendo a imaginar que era algum tipo de gravador, mas fico confuso devido a uma vaga lembrança — a de algo muito mágico que, por sua vez, contradiz tal versão. Todos os dias ao pôr do sol, exatamente no horário que escolhia para cumprir minha tarefa, eu ouvia uma transmissão icônica que só poderia advir de um aparelho de rádio. Nessa transmissão, dizia-se: "De algum lugar do Mediterrâneo, nós somos *A Voz da Paz* em 1540 quilo-hertz... E enquanto o sol se põe..." Tratava-se da La voix de la paix, uma estação de rádio offshore que, durante vinte anos, transmitiu no Oriente Médio a partir de um ex-cargueiro holandês *MV Peace* ancorado na costa israelense. Era eu na minha nave, *A Voz da Paz* na sua nave, e a sensação de que tudo no mundo parecia também pilotar a sua própria nave. A questão é que não me lembro do tal aparelho de rádio que também tocava fitas cassete. Acho que a memória nem sempre tem um bom "continuísta", e acaba que imprecisões acontecem.

É lógico que essas imprecisões são fundamentais para se falar sobre a zona crepuscular. Pois lá estava eu ao crepúsculo, com essa minha falível memória, quando tudo aconteceu. Não era um dia como outro qualquer: eu era muito jovem e estava vivendo em comunidade com outros jovens voluntários. Nessa idade, tudo que é social tem uma dimensão e uma importância astronômicas. Eu era também um dos melhores alunos da classe mais adiantada de hebraico e tinha feito provas para a *Technion*, a mais prestigiosa universidade tecnológica de Israel, para a qual fui aceito. No entanto, sentia muitas saudades da minha família e da vida no Brasil, e tinha tomado a decisão de não prosseguir com esses planos. Naquele dia, então, durante a aula de idioma, a professora nos perguntou sobre os planos de cada um, e eu falei sobre a minha situação.

Não posso afirmar o que aconteceu exatamente, porque a vida pregressa nos reconduz a um lugar que não é exatamente aquele em que o vivido se deu. É algo semelhante a quando clicamos sobre aquele homenzinho amarelo do *Google Maps* para visualizar uma dada localidade. Apesar da tecnologia nos permitir rodar a imagem em 360 graus, sentimos que muito dela fica fora de foco e com a abrangência comprometida. Lembro apenas que as pessoas foram excessivamente críticas e ácidas quanto à minha decisão. De alguma forma, toda a pressão social, aliada, talvez, a alguma questão de cunho mais pessoal — uma insegurança latente, por exemplo —, me deixou muito abalado.

Sem que percebessem, contive o choro, e só fui vivenciá-lo quando me afastei da sala de aula. Não sabia dizer por que estava tão perturbado. Sabe quando você acha que vai surtar? Quando parece que não há antídoto para um sentimento que está se armando como uma grande onda que, com certeza, vai te engolir? Quando parece que não haverá fôlego suficiente para reaparecer triunfante do outro lado após mergulhar e furá-la? Era assim que eu me sentia quando peguei minha nave-lixeira para empreender mais uma missão sanitária.

Fui chorando e ouvindo minha música pelo mesmo trajeto de sempre, como um ritual. Eis que, de repente, ainda à luz do dia, vejo um objeto se aproximando, voando a algumas dezenas de metros do litoral em trajetória paralela à praia. Não havia ninguém à minha volta. Parei o trator e desci, caminhando em direção à beira do mar para observar. Flamejante, esse estranho objeto se aproximou de mim em grande velocidade. Tentei encaixar aquilo em algum padrão convencional. Era um avião? Ou seria um meteoro? Ou, naquela região conflagrada por conflitos armados, algum tipo de míssil? Algo estava acontecendo, e não era algo insignificante.

Voltei a olhar ao redor e me vi novamente só. Na direção oposta à de onde estava, porém, lá para os lados do *Kibutz* — que ficava sobre uma colina —, consegui distinguir uma figura ao longe. O objeto então seguiu sua trajetória e passou bem no ponto onde eu me encontrava. Foi quando pude vê-lo com mais clareza: tinha uma ponta esférica e, na parte de trás, um facho de fogo — como um cometa. Não se parecia com nada que já tivesse visto antes, e estava perto o suficiente para eu me certificar de que não realizava uma trajetória de queda, coisa que se esperaria de um meteoro.

E assim ele seguiu o seu caminho, deixando meu imaginário em chamas. Atônito, comecei a falar sozinho: "Que raios, literalmente, foi isso?"

Fui tomado por uma euforia inexplicável. Ver o improvável ou o sobrenatural é algo extremamente empoderador. Não sei precisar por quê: se pela informação que adquirimos, se pela sensação de que as fronteiras da vida foram escancaradas — e que, agora, podemos muito mais!

Voei até o lixão e despejei o lixo quase que displicentemente, aflito para voltar e falar com alguém. Com certeza, aquilo tinha sido visto por todos na região — milhares ou, talvez, centenas de milhares de pessoas. Afinal, sua trajetória seguiu em direção a cidades populosas. É claro, então, que aquilo seria assunto por toda parte!

Voltei ao *Kibutz* num horário em que as pessoas já estavam em casa, logo após o trabalho. Eu não encontrava ninguém, e estava angustiado para trocar impressões sobre o que acontecera. A primeira pessoa com quem me deparei foi um amigo que, surpreso, me disse não ter visto nada. Seu desinteresse me fez rapidamente buscar outra testemunha. Então passei por uma colega que estava na tal aula da qual eu havia saído transtornado. Minha primeira reação foi evitá-la, porque ela tinha sido uma das pessoas mais desagradáveis naquela ocasião. Seu nome era Sidsil; acho até que este é um nome de bruxa, em algum conto ou relato folclórico. Entretanto, estava tão curioso e instigado que tomei coragem e fui falar com ela. Parei o trator e perguntei-lhe se tinha visto algo de estranho na direção da praia.

— Não. Mas, agora que você está falando, me lembro de tê-lo visto ao longe em seu trator e, sim, havia algo. Não sei por que não prestei muita atenção... Apenas registrei você e algo no céu, sem muito interesse.

Ela falou isso estampando no rosto um sorriso melindroso, que me fazia crer que estava mais interessada na razão pela qual eu tinha ficado tão abalado na aula, com o questionamento dos colegas, do que propriamente em objetos não identificáveis. Sua atitude era um tanto quanto enigmática, e gerou na minha memória a sobreposição dos eventos da aula, que são deste planeta, com os da tarde, que são de outros.

Aquilo me trouxe de volta aos sentimentos que antecederam a aparição. Havia me esquecido e deixado de lado por um tempo meus pequenos problemas terrenos, focado que estava na descoberta do improvável e do insondável.

Uma tristeza ressurgiu de imediato. Sidsil, com seu ar dúbio e gentil, parecia mesmo uma bruxa. A realidade se restaurava, e eu me dava conta de que nada no cosmos tem a potência existencial das pequenas coisas da vida e da sociedade.

Não encontrei, afinal, nenhuma testemunha. Por outro lado, tenho certeza de que não delirei. Por mais emocionado que estivesse, não tinha tomado nada, fumado nada, e estava em plena posse de minha sanidade; mesmo porque, por mais transcendente que a experiência fosse, me acompanhavam os odores do lixo e do lixeiro. Fui tomar um banho para ver se isso me despertava.

No dia seguinte, aquele amigo que eu havia interpelado veio me dar a notícia de que lera no jornal o relato da aparição nos céus de algo estranho no dia anterior. É tudo que sei acerca do meu disco voador.

Hoje, acho que minha versão é a de que vi um meteoro. Reparei em vídeos de pedras espaciais entrando na atmosfera terrestre e, sim, elas guardam alguma semelhança com o meu objeto não identificado. Porém, misteriosamente, o que vi nesses filmes tinha uma característica diferente, pois tais pedras faziam trajetórias de queda, e não o longo percurso horizontal que presenciei.

Talvez jovens no início da vida adulta convivam com universos paralelos. Afinal, nesse momento, estão prestes a realizar o contato com o alienígena que são eles próprios, agora no mundo das escolhas e das definições. Nesse estágio da vida, em poucos anos nos tornamos um personagem totalmente diferente, irreconhecível se comparado a quem fomos, e promovemos realmente um encontro.

Saudades do meu trator. Atrás, os dejetos e os resíduos do mundo; à frente, o horizonte margeado pelo litoral. O futuro não identificado, então, seria o tal objeto?

Fiquei muito impressionado quando, poucas semanas depois de ter retornado ao Brasil, e naquele mesmo trecho em que fazia minhas viagens diárias, ocorreu um atentado terrorista. Extremistas vieram num bote e desembarcaram bem ali naquele ponto, matando uma jornalista que tirava fotos. Pensei que, por muito pouco, também eu podia ter tido tal "encontro". Há certas coisas na terra que são mais surpreendentes e assustadoras do que nos céus!

# *Duendes e salvação*

A primeira tarefa que realizei nesse período no *Kibutz*, antes de me tornar lixeiro, foi numa fábrica de plásticos. Estava sendo oferecido aos voluntários um trabalho no período noturno, com a obrigação de que se virasse a noite na fábrica. A contrapartida seria trabalhar apenas três vezes por semana. Achei que se tratava de uma barganha, e experimentei por um tempo o que pessoas que trabalham no turno da noite já conhecem bem.

O mais estranho para quem trabalha nessas condições não é tanto a questão de se trocar o dia pela noite, mas sim a de viver na contramão dos horários de todo mundo, para o bem e para o mal. Sem dúvida, era maravilhoso ver o nascer do sol e dispor da liberdade de ter o dia todo livre. Além disso, trabalhar nesse turno nos permite desfrutar dos melhores cafés da manhã possíveis. Depois, no entanto, nos deparamos com uma sensação de isolamento, e nossas disponibilidades de horário não se encaixam com as dos demais.

Tentando dar conta dessa tristura, vi no mural do *Kibutz* que haveria uma viagem ao deserto do Sinai com um grupo de voluntários noruegueses. Nesse período, Israel não havia ainda devolvido a península do Sinai, ocupada na guerra de 1967, ao governo egípcio. Como eu tinha vários dias acumulados da minha jornada noturna, vi que era uma oportunidade que ninguém mais poderia aproveitar.

Os noruegueses eram fechados e só andavam em grupo, talvez pela questão da língua, que, de um modo geral, é pouco falada no mundo, talvez por questões de sociabilização. Tenho que admitir que muitas das moças encaixavam-se no padrão de beleza da época. Eram europeias, em sua maioria loiras, e compunham a maior parte do grupo. Comecei a cogitar ir, e acabei me inscrevendo.

Perto da véspera da viagem, aconteceu algo estranho. O trabalho na fábrica era bastante repetitivo: ele consistia na produção de *containers* redondos próprios para a alimentação de galinhas, que eram usados em todo o país. As máquinas eram de extrusão de plástico; de tempos em tempos, tinha-se que recolhê-los e empilhá-los para, a seguir, alimentar a máquina novamente com mais grãos de plástico. Não podíamos errar, pois, a cada vez que uma máquina apresentava algum problema, era preciso desligá-la, esperar que esfriasse e, só então, religá-la — motivo pelo qual a coisa era tensa, e o gestor sabia muito bem fazer pessoas se sentirem mal diante da perda que, nessas ocasiões, haviam causado.

Naquela noite eu estava cansado. Sabemos, muito antes de Einstein, que o tempo é relativo ao estado de espírito... O fato é que as horas não passavam — máquina se abrindo e, a cada vez, cuspindo mais um daqueles troços vermelhos para alimentar galinhas, incessantemente. Não há nada pior do que desafiar o ritmo das máquinas e ser um credor do seu tempo regularmente pulsado. Eu estava brigando com o sono, enquanto a cabeça, em cadência soluçante, caía abruptamente em periodicidade constrangedora. Desesperado, naquele estado entre acordado e dormindo, pensei que não tardaria para que eu cometesse um grave erro. E ainda faltavam tantas horas!

Eis que, como num conto infantil, já tarde da noite, talvez às duas da manhã, um grupo de crianças adentrou a fábrica. Elas eram conduzidas por uma linda professora, e se colocaram diante da minha máquina. Ninguém me explicou o que era aquilo. Imaginei se tratar de uma visita guiada, mas naquele horário?! Como as crianças em *Kibutz* dormiam todas juntas durante a semana, separadas dos pais, imaginei que fosse algum tipo de projeto educacional. As crianças me fizeram companhia, e expliquei a elas como funcionava cada etapa da produção. A presença daquela professora já teria sido suficiente para me resgatar do tédio profundo, a rotina das rotinas. Mas as crianças eram particularmente fofas. Eram como anjos, duendes, sei lá, e elas preencheram o ambiente frio e cheio de ruídos insuportáveis com ternura e graça, e me salvaram.

A professora, então, me perguntou: "O que tem do outro lado?"

Olhei surpreso. Do outro lado? Foi o suficiente para a minha máquina engasgar. Corri para o painel de controle e desliguei-a imediatamente, tentando resolver a enrascada em que tinha me metido. Quando dei por mim, a professora e as crianças já haviam se retirado.

No dia seguinte, inquiri várias pessoas sobre quem eram aquelas crianças. De que turma eram? Ninguém atinava sobre o que eu estava falando. Não havia nenhum registro de uma visita de escola às duas da madrugada. Algo estava errado, tinha sido muito real para ser um mero sonho ou delírio.

O dia da viagem ao Sinai com os noruegueses chegou. Ainda no escuro da madrugada, entramos num ônibus alugado e partimos. Era muito cedo, e cada um foi silenciosamente para o seu assento tentar um último cochilo durante a longa viagem. Como não conhecia ninguém e, àquela hora da manhã, o máximo que se conseguia arrancar das pessoas era um tímido sorriso, sentei no banco da frente, bem próximo ao motorista. Em sua maioria, o grupo era composto por moças, umas vinte — e, talvez, cinco rapazes. Eram todos noruegueses; eu era o único alienígena.

Seguimos até o primeiro destino, a praia de Nuweiba. Em dado momento, o motorista anunciou em inglês que estávamos nos aproximando. Num ato de alegria, as pessoas começaram a tirar a roupa; não exatamente tirar a camisa ou se preparar para a praia: literalmente, foram ficando peladas. O motorista olhou pelo retrovisor e, logo depois, para mim. Acho que ele percebeu que eu não pertencia ao grupo e me buscou com os olhos para calibrar sua reação. Havia um chamado para acolher tudo aquilo como algo normal, mas a mim parecia um tanto arrojado ver aqueles corpos exageradamente brancos contrastando com as poltronas escuras do ônibus. Na verdade, eu não tinha me dado conta de que Nuweiba era uma praia de nudismo, e tampouco que na cultura dos norte-europeus era comum associar praia com nudez.

O motorista e eu agora fazíamos parte de um subgrupo. Havia uma diferença, porém: ele estava dirigindo e, portanto, desempenhava uma função que lhe permitia ser uma espécie de *voyeur* autorizado. Já eu, de alguma forma, estava inserido naquele grupo e não tardaria a ser o único vestido. Estava só, irremediavelmente só em minha condição. Não sei avaliar o quão pudico sou, mas também me incomodava a ideia de fazer aquilo só para me encaixar no grupo. Ser íntegro com nudez não é simples. Aparentemente, a situação se apresentava da seguinte maneira: eu poderia tirar a roupa por pressão social e fingir estar à vontade, ou poderia permanecer vestido e abraçar meu incômodo com personalidade. Por alguma razão, nenhuma dessas alternativas me representava. E o que se faz nessas horas? Tenta-se ganhar tempo. Comecei a tirar a camisa e garantir, por algum tempo, isenção quanto a um rótulo definitivo.

Espaços sociais produzem essa inquietação porque não queremos apenas ser nós mesmos, mas ser nós mesmos em meio a um grupo específico. O diretor de teatro Amir Haddad me contou que, certa vez, num laboratório teatral, pediu a um grupo que todos se despissem. Ele então reparou num rapaz inteiramente nu, mas que mal conseguia esconder seu constrangimento. Amir Haddad foi até ele e comentou que, se para ele ficar de cuecas era como estar nu, isso teria bastado. Ficar nu e ao mesmo tempo se sentir totalmente pelado seria estar mais "vestido" e seria mais constrangedor do que totalmente coberto por trajes. A nudez seria, então, até onde cada um consegue realmente despir-se.

Quando o ônibus parou diante da linda praia e de suas areias, todos aqueles noruegueses pelados foram passando por mim enquanto eu tirava os sapatos, contando ainda com as meias como uma última reserva. O motorista me olhava, como se, ali, algo muito importante fosse se definir.

Não havia escolha e, sendo o último, tirei as calças e saí do ônibus banhado pelo sol — que se divertia em me expor. Simulando naturalidade, fui até onde as pessoas estavam deixando seus pertences e me joguei no mar. Santa transparência que me oferecia algum refúgio! Eu não havia sequer me apresentado às pessoas, e teria que fazê-lo naquela condição...

O ato de nos apresentarmos aos outros talvez seja um dos momentos que mais se assemelham ao ato de nos vestirmos. Uma das razões pela qual nos vestirmos tem a ver com o fato de querermos nos apresentar ao mundo de uma determinada maneira. Em geral, queremos ter autonomia sobre isso. Parece paradoxal, mas não é: é como o paradoxo de existir no mundo e, ao mesmo tempo, ser um personagem. Então comecei a me apresentar às pessoas apesar de, nu em pelo, não me reconhecer muito bem... Iniciamos conversas na água e fui relaxando em parte, ou em partes. Aquelas moças, todas muito claras, venciam a tênue translucidez da água e, mesmo um pouco refratadas, se delineavam detalhadamente diante de mim. A natureza é completamente emancipada, de modo que senti uma estranha sensação, um misto de aflição e euforia.

Estávamos alegres com aquele lugar e com aquele momento. Entre um mergulho e outro, falávamos um com o outro e trocávamos informações — sendo eu, claramente, objeto de curiosidade. Eram todos muito simpáticos, mas distantes. Não sei como colocar o dedo nisso — aliás, péssima expressão! —, mas eu diria que povos europeus têm mais afinidade com a nudez externa do que com a interna. Havia resguardos cuja motivação eu não tinha certeza se era por conta daquela minha intromissão num grupo tão específico, ou se tinham origem cultural. Claro, me imaginei casado com alguma daquelas moças e vivendo para o resto da vida em Oslo... Quando alguém gritou: *"Lunch!"* Era o almoço sendo servido, montado em toalhas sobre a areia.

Não podia acreditar! Mal havia me acalmado protegido pelo mar e já teria que sair da água?! Sentar nu e com pessoas nuas, que desafio! A nudez na rotina, nos fazeres triviais, em muito ultrapassa a questão da sexualidade; trata-se de uma relação consigo mesmo e com os outros que remonta a uma era muito remota. Havia algo primitivo e estranho em compartilhar uma refeição com um grupo de pessoas nuas.

Eu sei que há algo de muito tacanho em tudo isso, mas foi assim que senti na época e, agora, desnudo ao leitor. Digo, também, que foi um dia especial na minha vida. Foi um desafio e um aprendizado o despertar para as formas e nuances com que os corpos, como um todo, refletem o seu entorno: o mundo ganha tonalidades nuas antes não percebidas, ao mesmo tempo que as silhuetas dos corpos oferecem um novo grau de harmonia à paisagem e a todo o panorama ao redor.

Graças ao bom Deus, as noites no deserto podem ser bem frias. Com o entardecer, todos voltaram a se vestir e pude retornar, por assim dizer, ao planeta das indumentárias.

E seguimos viagem, porque tínhamos a ousada meta de chegar a Ras Muhamad — o ponto extremo do Sinai, junção do golfo de Aqaba com o Mar Vermelho. Havia muito chão pela frente e, dado o avançado da hora, paramos no meio do nada para jantarmos e, ali, pernoitar. Um dos requisitos daquela viagem era cada um levar o seu próprio saco de dormir; eu tinha conseguido o meu emprestado com o amigo americano. Como sempre, tudo dos americanos costuma possuir algum equipamento a mais, ou então alguma invenção típica daqueles catálogos antigos que listavam as novidades e engenhocas do mundo do consumo. Era o caso do meu saco de dormir, que era chique, e isso me enchia de confiança.

Assim que retornamos ao mundo em que se anda vestido, as pessoas voltaram a ficar mais fechadas. A intimidade que eu tinha experimentado na praia recuou e, em seu lugar, assumiu a interação naturalizada entre pessoas que já se conheciam e falavam a mesma língua. Fiquei um pouco chateado por não conseguir dar prosseguimento ao que achava serem novas e exóticas amizades. Voltei a me sentir isolado, olhando de canto do olho as gargalhadas e conversas em norueguês. De vez em quando participava com um sorriso fingindo entender, coisa que me fazia sentir ainda mais estrangeiro.

Escolhemos uma duna com uma formação curiosa para colocar nossos sacos de dormir. O ônibus ficou parado em frente a um monte feito de areia que se estendia como uma parede por uns cinquenta ou sessenta metros. Os sacos de dormir foram enfileirados tendo como referência esse morrinho em forma reta, e ali ficamos alinhados. Entrei no meu saco de dormir com a boa sensação de que o dia seguinte seria melhor. Tinha, também, a aconchegante sensação de estar protegido por um saco de dormir de primeiro mundo. "Tudo ia dar certo", pensava eu tentando adormecer.

De repente, começou a ventar. No deserto, vento não significa ar, mas areia. Meu saco de dormir começou a ser bombardeado pelos grãos que ressoavam no *nylon*. Eles iam aumentando, pipocando cada vez mais, dando vazão a uma torrente de múltiplos estalos. A gente sempre fica um pouco assustado por conta das imagens de filmes com tempestades de areia no deserto, mas puxei o fecho ecler até o máximo e, em meu pequeno forte apache ianque, adormeci.

Acordei algumas horas depois, ainda no meio da noite. Percebi que o estalar de grãos de areia havia cessado. Abri um pouco o fecho para aproveitar o ar puro e fazer um reconhecimento do que estava ao redor, como é comum ao se readquirir consciência. Para minha surpresa, os poucos sacos de dormir que estavam ao lado do meu já não se encontravam mais ali. Então abri o fecho por completo e fiquei horrorizado. Não havia mais ninguém! Nem um único saco de dormir, nem ônibus algum... Meu cordão umbilical com o mundo havia sumido. Eu estava só, no deserto do Sinai. Havia sido deixado, abandonado, em pleno deserto.

Um terror físico se apoderou de mim. Sabe esses momentos de sobrevivência quando você se sente próximo à morte? Pois é... Olhava para um lado e só havia horizonte rodeado de vazio. Olhava para outro e a visão era a mesma. Não havia qualquer luz a não ser a da lua e das estrelas, sempre parcial.

"O que teria acontecido?", pensei com raiva. "Não acredito que os irresponsáveis me largaram sozinho por aqui. Isso é criminoso." Não queria acreditar, mas pensava que talvez a tempestade de areia tivesse se intensificado, e imaginei uma cena: correndo para o ônibus, uma vez protegidas e assustadas com o fenômeno, as pessoas teriam se esquecido de mim. Claro, afinal não havia ninguém para dizer: "E o Nilton?" Assim, além de abandonado no inóspito e no inabitado, me senti sem valia alguma. Nem tu, ó motorista?! Nem tu para lembrar do jovem constrangido?! De seu companheiro de julgamentos pudicos, que, como eu até então acreditava, nos havia tornado parceiros de alguma forma?!

Não sabia o que fazer. Pensei em ficar quieto ali porque se alguém, em algum momento, se desse conta da falta daquele que não fazia falta, esse era o lugar para estar. O motorista ou a polícia saberia mapear o local onde pernoitamos. Sentei-me, conformado como um condenado, e fiquei olhando o inclemente vazio do deserto. Até as distâncias celestiais pareciam mais familiares e aconchegantes. O céu do deserto é bem mais repleto do que o chão. No terreno, porém, tudo o que há é a álgida realidade de mundos sem vida, de planetas desertificados de presença. Pensei, ou melhor, desesperei: "O que devo fazer?"

Tranquilizei a mim mesmo, como se fosse uma criança na qual é preciso colocar a máscara de oxigênio antes da queda do avião. E se eu sair andando? Mas para onde? E depois, se eu fizer isso, nunca mais terão parâmetros para me achar. Essa racionalidade, no entanto, não é simples. A inação é revoltante ao instinto de sobrevivência. Ela se assemelha à inaceitável desistência. Tinha que fazer algo. Por várias vezes me levantei, movido por esse sentimento, e me controlei, argumentando comigo mesmo e voltando a me sentar. A mais longa hora da minha vida estava passando e não havia o menor sinal de que tentavam me resgatar.

E se eles ficassem horas ou um par de dias sem se lembrar de mim? Não conseguia aceitar que fosse tão insignificante. A vida do ser humano importa, mas a sua presença importa ainda mais. Não ter sido suficientemente impactante para existir diante daquele grupo era desumano e vexaminoso. Comecei a chorar um choro morno de desespero, aqueles momentos de desamparo e abandono começando a fazer coro com as minhas emoções. Levantei-me por uma última vez, agora mais em pânico do que decidido. Ia começar a marchar. Ia escolher uma direção e seguir. Como já dito, os céus são mais piedosos do que a terra, já que lá há referências cardeais, coisa que no deserto não há.

Esbocei uma caminhada de alguns metros e, de repente, ouvi lá dentro da minha cabeça, via memória: "O que tem do outro lado?" — como um comando dos sonhos, dos deuses da noite. Lentamente, como se um último raio de esperança tivesse despontado, caminhei na ponta dos pés, para além daquele montinho de dunas de areia que se estendia, e avistei do outro lado uma fileira de sacos de dormir, todos alinhados.

O que aconteceu foi que, durante a noite, alguém descobriu que seria melhor dormir do outro lado deste muro natural e se abrigar. E todos o seguiram. No vazio, não há só miragens de coisas que não existem, mas também a camuflagem daquilo que, sim, existe. O ônibus, por sua vez, havia seguido para um posto que ficava a algumas dezenas de quilômetros para abastecer, a fim de que não perdêssemos tempo no dia seguinte. É claro que as pessoas foram informadas disso, só não sei se em norueguês.

Esquecido sozinho do outro lado das dunas e deixado sem nenhuma informação, aquilo tudo parecia uma boa metáfora do pesadelo de abandono que havia acabado de experimentar. Sem ter a quem cobrar ou reclamar, montei meu saco de dormir e busquei adormecer em meio à solidão de tantas emoções vividas, afastado das pessoas e da realidade.

Quando aninhei a cabeça no *nylon* pousado sobre a maciez apenas relativa da areia por baixo, me dei conta da loucura que poderia ter acontecido: se eu tivesse me desesperado e escolhido uma direção para tomar, poderia ter arriscado a minha vida. Só então me lembrei daquele sopro que, proveniente dos desvãos da memória, me inquiria: "O que tem do outro lado?"

Não sei se a professora e aquelas crianças existiram de verdade; acho mais sobrenatural que não tenham, de fato, existido. Certas coisas são mais assombrosas por não existirem do que por existirem. Talvez seja assim com a nudez que ocultamos: nos sujeitamos mais às nossas roupas do que à nossa fantasmagórica nudez.

# *Psicografando*

— A próxima pessoa é aquela senhora para quem você me deixou marcar um horário... Sabe, uma que estava chorando muito e que não é da comunidade... — disse minha secretária ao abrir a porta e anunciar a entrevista seguinte.

Eu me lembrava vagamente da situação.

Adentrou minha sala uma senhora de aproximadamente sessenta anos, elegante e com um lenço de papel à mão. Sentou-se diante de mim e, tentando se recompor, disse:

— Desculpe, sou muito emotiva e estou vivendo algo muito difícil... Antes de mais nada, já agradeço por me receber. Não sou da comunidade judaica, e é uma gentileza que me ofereça seu tempo.

Retomou o choro discreto, já buscando um novo lenço na bolsa.

— Sabe, rabino, vou confessar ao senhor que já fui a vários religiosos, de diversas tradições, em busca de uma resposta. Tenho várias amigas judias, e elas me falaram muito do senhor; tomei então a liberdade de pedir esta entrevista — disse ela olhando nos meus olhos.

Havia certo tom de desafio nesse preâmbulo que ela fez. No passado, em tempos de intolerâncias religiosas mais grosseiras, era comum a realização de disputas para ver qual religião ou religioso detinham a "verdade" — como se a veracidade pudesse ser patrimônio exclusivo de algum dogma em particular. O que será que os outros religiosos haviam dito ou sugerido a ela? Imaginei que ninguém tivesse conseguido dar conta da questão, seja lá qual ela fosse, e me imaginei entrando no rol dos fracassados.

— Eu respeito todas as tradições, mas ninguém consegue me explicar. Estou vindo aqui para ver se o senhor me oferece uma explicação...

Do alerta inicial a uma possível disputa entre religiões, havia sido acionado, agora, o código vermelho. Explicação?! Não sei se aquilo que as tradições religiosas oferecem pode ser categorizado como explicações. Da raiz latina *"explicare"*, *"ex"* significa "fora", "para fora", e *plicare* quer dizer "dobrar". Explicar algo, portanto, é desdobrar algo enrolado, retorcido de modo que não se possa perceber do que se trata. O que talvez não caia bem é o *"ex"*, isto é, a preposição que designa "para fora". Nem tudo no mundo espiritual tem que ser para fora — concepção que, frequentemente, produz fetiches a vulgarizarem o espiritual em "**ex**piritual".

— Vou tentar contar esta longa história da maneira mais breve possível — continuou ela. — Fui muito bem casada, minha vida era um sonho. Meu marido tinha posses; nós tínhamos um filho. Tudo começou a desandar quando nasceu o meu segundo filho... Ele nasceu com problemas, e não pudemos levá-lo para casa. Ficou no hospital e, todos os dias, eu ia para lá cuidar e rezar por ele. Então aconteceu algo impensável: meu marido faleceu subitamente.

Enfrentar adversidades assim em sequência, realmente, é algo muito desorientador. Além de a pessoa ter que lidar com a fatalidade em si mesma e com todas as atribulações associadas a ela, sua relação com a vida como um todo fica abalada. Para a consciência humana que prospecta riscos futuros, é fundamental que, em algum nível, se acredite que temos algum tipo de proteção; que temos "uma boa estrela" e que certas coisas não irão acontecer conosco — sobretudo porque não há nada no mundo, por mais bizarro que seja, que não possa ocorrer na vida de cada um de nós. Isso é assustador.

— Rabino, mas isso não é nada. Durante meses, eu, recém-viúva, fiquei indo ao hospital tentando salvar aquela vidinha, mas não foi possível. Foi muito duro, mas superei, porque não havia escolha. Eu tinha o meu outro filho, que era lindo, e precisava me dedicar a ele, cuidar dele. Ele cresceu...

Aquela sensação de continuidade, de que havia mais para contar, começou a me angustiar. Havia um tom de gravidade que, cada vez mais denso, e entremeado por lágrimas que vertiam e eram logo enxugadas, era muito aflitivo. Era evidente que se armava uma pergunta, uma grande pergunta, a qual eu já havia antevisto no gesticular e no tom de sua narrativa.

— Cresceu lindo e inteligente... Os negócios que assumiu do pai, ele multiplicou e expandiu, tornando-se um empresário bem-sucedido. Um gênio, e sempre muito criativo! Isso me emocionava, porque era como se eu estivesse sendo compensada por aqueles anos tão difíceis, marcados por saudades e sonhos desfeitos. Ele estava para se casar, com festa organizada, lua de mel em um resort de esqui, que ele adorava... Tudo já comprado, contratado. Então, poucos dias antes do casamento, ele foi fazer uma viagem curta e aconteceu...

O choro ganhou força. Aguardei que ela se recuperasse.

— Foi um acidente horrível, e ele nos deixou... Assim, às vésperas da festa e naquela fase de sua vida de tanta alegria. O senhor entende? Ele era tudo para mim... tudo. Eu não sei como viver sem ele, simplesmente não sei como seguir. E o que está me torturando é a pergunta que trago aqui hoje para o senhor... A pergunta que ninguém conseguiu me responder satisfatoriamente!

Fiquei apreensivo. Ela não trazia a pergunta "por quê?", mas a indignação da indagação: "Como?!"

— Eu não vim aqui lhe perguntar o porquê disso tudo acontecer... Quero apenas saber: "Como pode?" — disse ela, lendo meus pensamentos.

A pergunta "como pode?" é uma pergunta bem mais difícil do que "por quê?". O "por quê?" pode ser justificado pela limitação e incapacidade humanas, e pode evocar algo oculto a que não temos acesso. A pergunta "como pode?", em contrapartida, faz alusão a algo que se expôs e que não pode ser negado ou recalcado. Aconteceu

— é fato, é objetivo —, não tem como ser negligenciado ou varrido para baixo de algum tapete metafórico. Há um livro no cânone bíblico que tem esse título — *Como pode?* — e que foi traduzido no Ocidente como o *Livro das lamentações*. Aquela mulher estava claramente se lamentando. Ela não me desafiava a enfrentar a débil pergunta "por quê?", mas sim a razoabilidade de todas aquelas circunstâncias. O "por quê?" pode sempre ser nocauteado pelo golpe baixo do se dizer: "Não sei, ninguém sabe!" Já à pergunta "como?", não há nenhum xeque-mate ou antídoto que possam resistir a ela.

— Como pode, rabino?

Pressionado, respondi:

— Foi você!

— Eu?

— Não que tenha sido você a responsável, a culpada, mas é a você que esta pergunta, "Como pode?", se dirige.

— Não estou entendendo! — disse-me ela perplexa, armando-se e logo recompondo-se, com nova indignação. Então prossegui:

— "Como pode" você não ter reconstruído a sua vida? Como pode não ter se casado novamente, ter tido outro ou outros filhos? Como pode colocar todos os ovos numa única cesta?

Ela começava a entender para onde eu apontava, mas ainda estava tomada pela incredulidade de me ouvir falar tão direta e friamente a uma pessoa sofrida e amargurada como ela.

— Você é uma mulher bonita. Estou falando hoje, agora, e imagino que tenha sido assim a vida toda... — disse eu, ciente do tamanho do risco que estava assumindo.

— Eu? Como assim... Você acha? — devolveu-me ela, se recompondo.

— O tempo todo, enquanto você ia me relatando a sua história, fiquei me perguntando por que você não havia tentado reconstruir a sua vida. Você era jovem quando tudo isso aconteceu? Digo... Lá atrás?

— Sim, bem jovem.

— Pois então! "Como isso pôde acontecer?" tem a ver com você ter apostado todas as fichas do seu amor numa única direção. Claro que isso não explica e muito menos diminui a lástima e o luto. Porém, responde ao "como?".

Fiz uma pausa para ver se ela estava me acompanhando.

— Você acha então?

— O quê?

— Que posso reconstruir a minha vida? Que posso, na minha idade, aspirar a alguma coisa?

— Claro que sim! Você é uma mulher bonita e elegante, uma mulher inteligente. Por que razão isso não seria possível? Ainda mais você, que já se deparou com o "impossível" tantas vezes em situações as mais desfavoráveis. Por que, então, não reencontrá-lo em situações profícuas?

— Você acha? — disse ela refletindo. A voz já era outra, como se fosse de outra pessoa... Como se minhas palavras a estivessem revigorando e renovando enquanto seu olhar se fixava no infinito. — Vim aqui para falar do passado, e você está me fazendo pensar no futuro — considerou ela quase sorrindo.

E, como se a estivesse parafraseando, falei:

— Você veio aqui em busca de uma explicação, e vai sair com uma implicação!

O centro da vida não está no "ex", de externo, mas no "in", de interno. Nada nem ninguém poderiam "desdobrar para fora" sem enrolar ou amassar ainda mais tal situação. Na realidade, aquela entrevista (e o que aquela senhora buscava) era sobre si mesma, sobre como viver dali em diante. As perguntas humanas são sempre sobre o futuro, por mais que o passado as tenha provocado.

Posso afirmar que ela saiu do meu escritório muito mais leve do que entrou. Só conheço a história até aí. Mesmo que o destino não lhe tenha feito alguma (boa) surpresa "impossível" — mesmo porque isso não é um direito, mas uma possibilidade —, algum atendimento eu tinha lhe prestado.

No mundo espiritual, associamos as mães cujos filhos partem antes delas, em uma inversão da ordem natural, ao fenômeno das cartas psicografadas. É natural (e maternal) que "recursos" para manter os vínculos ceifados ofereçam alívio. Porém, é fundamental se ampliar o horizonte em direção à vida, a tal finita vida que se tem pela frente. A pergunta "como?" não pode ser respondida afrontando-a. Por outro lado, ao invertê-la, apontando-a para o futuro e não para o passado, ela ganha contornos de resposta, e não de pergunta.

O clamor é para encontrar, apesar de tudo, formas de continuar vivendo. E, se a razão pela qual as coisas ruins acontecem não está ao nosso alcance, interferir em nosso próprio futuro, por sua vez, está, sim, nas nossas mãos!

*É dito que o Anjo da Morte tem inúmeros olhos (está em todos os lugares!).*

*Conforme essa perspectiva, quando uma pessoa moribunda está prestes a morrer, o Anjo da Morte se posiciona acima do travesseiro dela, em suas mãos, uma espada desembainhada com uma gota de fel pendurada na ponta. Quando a pessoa enferma o vê, treme de medo e abre a boca em sinal de terror. Nesse momento, o Anjo faz cair a gota de fel dentro dela e a pessoa morre – seu corpo, então, emite um odor e a sua face fica esverdeada.*

Talmude Ket. 77b

## Vida antes da morte

Eu trabalhava no prestigiado hospital Memorial Sloan Kettering, em Nova York. Tinha a função de capelão, atendendo aos pacientes judeus, a mim designados, de dois andares do prédio. Estava terminando meus estudos rabínicos e minha carga horária no hospital era de dois dias semanais, exercendo a tarefa de visitar esses pacientes, oferecendo-lhes atenção pastoral. Não gosto muito da palavra "pastoral", porque, além de paternalista, parece admitir que os atendidos são literalmente cordeiros, sempre propensos a seguir alguém.

Havia um rabino que trabalhava em tempo integral e que me supervisionava. As visitas, então, incluíam algum tipo de serviço prático na área religiosa — como auxiliar com material religioso, oferecendo livros de salmos; facilitar alguma necessidade mais específica dos pacientes; e, o mais importante, conversar e oferecer conforto religioso.

Visitar doentes é um preceito na tradição judaica, mas é preciso saber fazê-lo de forma a se atender adequadamente às demandas de um momento tão delicado como esse. Por "fazer", portanto, muitas vezes entenda-se "não fazer", disponibilizando-se apenas a estar no espaço emocional e espiritual sensível do paciente. Para garantir isso, além da supervisão do rabino — que é o capelão-mor do hospital —, havia também a assistência de um profissional da área psicológica, cuja função era acompanhar o trabalho segundo suas próprias competências. De nós, era então exigido que escrevêssemos *verbatim*, isto é, fizéssemos transcrições literais de algumas das conversas, para que fossem analisadas pelo orientador psicológico.

No zigue-zague das falas de um diálogo, é impressionante as coisas que podemos detectar. Podemos perceber que o paciente, muitas vezes relutante em se abrir, em dado momento oferece um acesso. Porém, não é incomum que a pessoa que realiza a visita, em vez de acolher o convite para se aprofundar no relevo emocional daquela pessoa, deliberadamente desvie a conversa para algo mais ameno. É claro que isso não é feito intencionalmente, mas de forma inconsciente. Eu ficava surpreso com a leitura da orientadora, que pinçava muito bem esses momentos e os expunha; e ficava ainda mais impressionado com a segunda etapa (a de tomar consciência de algum "ponto cego" que eu não havia percebido) do que com a própria inadequação da minha abordagem inicial.

O primeiro equívoco, assim, acontecia bem ali junto do paciente, quando este oferecia uma brecha, uma oportunidade para adentrarmos o campo da intimidade, e eu sutilmente a rejeitava, propondo algum assunto desconexo ou irrelevante. O segundo equívoco se dava justamente ao fazer as transcrições das conversas, quando não detectava o que estava sendo registrado naquela fotografia emocional. Era uma habilidade que eu estava tentando incorporar, mas não se tratava de algo simples, porque às vezes os pacientes se parecem com os nossos pais, nossos avós, nossos amigos e — o pior dos mundos — com a gente mesmo! Por uma questão de insegurança ou de identificação direta, o sujeito desvia o foco do paciente que visita, o que obviamente não é o desejado.

Fui melhorando e enfrentando os desafios. Porém, no processo de aprendizagem, as dificuldades vão sempre "descendo o sarrafo". Certa vez, fazendo a ronda no meu andar, vi na minha lista um paciente novo. Estranhei, porque antes do seu primeiro nome, vinha o título de rabino. Quando abri a porta, me deparei com algo alarmante: deitado no leito, havia um rabino ortodoxo com longas barbas, cercado por discípulos vestidos nos tradicionais trajes pretos. O paciente era um rebe, um rabino sábio e com notória senioridade.

Tratava-se do líder de um grupo chassídico do Brooklyn, e estava ali em tratamento paliativo.

O olhar de espanto e rejeição de seus discípulos, ao me verem, foi imediato. Em vistas do meu solidéu e do meu rosto imberbe, eles entenderam tudo o que precisavam: primeiro, que eu era um capelão; depois, que eu não era da linha ortodoxa. Tomei coragem, fui até o rabino e me apresentei. Estava muito desconfortável com a energia que vinha dos adeptos, como se só de falar com o tal rebe estivesse cometendo uma heresia. De qualquer forma, conversamos um pouco e ele foi gentil. Respondeu a algumas perguntas enquanto eu buscava saídas para aquela situação, tanto para evitar ser invasivo quanto para fugir dos momentos de silêncio — ao longo dos quais a interrogação silenciosamente gritada que se ouvia pelo quarto era: "O que essa pessoa está fazendo aqui?"

Quando saí, respirei aliviado. Tinha me sentido muito afrontado, e fiquei inseguro. Realmente, o que eu poderia fazer ali, cercado de rabinos com mais milhagem do que eu? Ele mesmo, nonagenário, mentor de todos aqueles outros, o que poderia ouvir de mim? Que serviço poderia eu lhe prestar? Falar da vida? Da morte? De saberes que eu não possuía nem pela experiência, nem pelo conhecimento que então detinha?

No entanto, o rebe estava no meu andar, e todas as minhas rondas necessariamente teriam de ir ao encontro daquele quarto. Num primeiro momento, tentei ser útil, oferecendo resolver um problema grave: sua mulher estava hospedada num apart-hotel em frente ao hospital, para poder visitá-lo e atendê-lo diariamente. Porém, aos sábados, havia um problema: as portas do hospital eram automáticas, e a observância do sábado proíbe que você utilize eletricidade, mesmo que de forma indireta. Então ela ficava em frente ao hospital, mas não podia entrar para não dessacralizar o Shabat provocando a abertura da porta. Consegui que aos sábados, em pleno inverno, uma porta lateral permanecesse aberta o dia todo, para que ela pudesse visitá-lo sem problemas. Depois, ajudei a resolver o problema da comida *casher* que era trazida para o rebe: ele era de uma linha tão radical que não aceitava o selo de supervisão rabínica estampado na comida *casher* do hospital. Portanto fui eu, também, que intervi para que trouxessem comida de outro fornecedor. E assim ia tentando cumprir minha função. Entretanto, ter que entrar no quarto, puxar uma cadeira e conversar com o rebe, isso me apavorava!

O que eu poderia lhe dizer que ele já não soubesse pelas suas idas e vindas sapienciais, e que evitasse que zombassem do meu cheiro de leite, de minha condição de neófito? Nem sequer sabia se ele legitimava a minha formação; muito provavelmente não, e, quem sabe, viesse até a me ofender ou desrespeitar? Achava tudo muito intimidante. Confesso que não era tanto por ele, mas os olhares fuzilantes de impostura que eram desferidos pelos seus discípulos, sempre ali à sua volta e com ar crítico! — como se eu fosse um embusteiro vestindo um uniforme daquilo que não era. Uma energia difícil!

Ardilosamente, recurso que utilizamos quando estamos em apuros ou no aperto, comecei a visitá-lo em horários em que estava dormindo. Eu passava pela porta e, quando via que o rebe cochilava, entrava e, fidalgamente, deixava um cartão que dizia: "Seu capelão esteve aqui enquanto estava dormindo e deseja o seu mais pronto restabelecimento. Assinado..."

Esse cartão era um expediente simpático, mas precisava ser usado com parcimônia. Não demorou muito e o capelão responsável me questionou, dizendo que visitara o rebe alocado no meu andar e que havia visto, sobre a mesa, uma considerável pilha daqueles cartões. Admiti, então, a minha dificuldade, ao que ele respondeu que eu deveria insistir, e que não havia motivos para constrangimento. Enfatizou que aquele era um problema daqueles senhores, e que eu deveria oferecer meus serviços até que alguém, em particular o rabino, pedisse que as visitas fossem suspensas. Ele repetiu, também, que não se esperava de mim nenhuma resposta genial para lidar com os desafios daquele senhor, e que apenas a minha presença já era de uma enorme valia. Disse a ele que tentaria. E realmente tentei, acho que sem muito sucesso — porque as visitas eram breves e não progrediam para além de magras frases, tanto na forma como no conteúdo.

Eis que um dia, ao fazer a ronda, vejo pela porta entreaberta que um grupo de emergência está prestando socorro ao rebe. Havia aquele indelével terror no ambiente, uma atmosfera típica de quando a vida e a morte estão em embate uma com a outra. Acho que por conta da função que desempenhava, mas além disso, talvez, pelo vínculo que já havia criado com aquele "meu" paciente, fui me aproximando. Quando cheguei na porta do quarto, um dos discípulos estava do lado de fora. Levantando o crachá da minha lapela, e lendo-o em silêncio e desdenhosamente, fez um sinal de despacho, sussurrando algo como "não é necessário".

Acolhi a dispensa e dei meia-volta. Enquanto me afastava, ouvi um burburinho e me voltei para trás. Vi, ao longe, que a equipe de emergência encerrava seus procedimentos. Por sua vez, a movimentação mais tranquila e os semblantes distensionados pareciam sinais evidentes de que o problema havia sido debelado. Estranhamente, porém, entre enfermeiros e médicos, e com sua máscara de oxigênio sendo retirada, vi que o rebe acenava na minha direção. A passos lentos, voltei a me acercar do quarto. Dessa vez, veio em minha direção outro adepto que o cercava e me disse:

— O rebe quer falar com você.

Fui com esse homem até a porta do quarto. Ele completou:

— Ele pediu para ficar a sós contigo. — Disse-me isso um tanto perplexo com o pedido, compartilhando comigo a impressão de estranheza. Quis confirmar a informação:

— Ele quer ficar a sós comigo?

Ele olhou para mim e, num gesto de confirmação, deu de ombros e, afinal, se mostrou tão admirado quanto eu. Então saiu e fechou a porta, deixando-me a sós no quarto com o rabino em seu leito. Em nenhuma outra oportunidade eu tinha ficado a sós com ele.

Tentei me recompor e, com ares de naturalidade, me sentei ao seu lado. Ele me fitou com candura. Esbocei um gesto de segurar a sua mão, e ele consentiu. Fiquei alguns momentos em silêncio de mãos dadas com ele, resistindo ao meu ímpeto de dizer alguma coisa e, com isso, comprometer o mistério daquele momento e a maneira como as coisas iriam se desenrolar. Então, ele tomou a palavra. Olhando fundo nos meus olhos, perguntou-me em inglês:

— O que acha que vai acontecer comigo?

Sua voz era serena, como se já viesse de outro mundo. Ele havia sido cordial ao usar o inglês para nos comunicarmos. A língua dos adeptos do judaísmo ortodoxo, e que é praticada nos círculos chassídicos, é o iídiche. Eu até conseguiria me virar, mas aquele ato de se achegar a mim partiu dele. A pergunta ecoava no quarto e no meu coração como uma charada.

Tentei uma jogada clássica de aprendiz e arrisquei:

— O que o senhor acha que vai lhe acontecer? — Por um décimo de segundo, pareceu-me que esse movimento conferia alguma legitimidade ao fato de eu estar ali sozinho com ele, segurando-lhe a mão.

Com mais quietude ainda do que da primeira vez, mas balançando a cabeça negativamente, sua voz disse:

— Não... O que você acha que vai acontecer comigo? — Ao ser enfatizado por ele, o "você" não me deixava margem para manobras. Respirei profundamente, inspirando, olhando nos seus olhos, e soltei:

— Eu acho que o senhor irá morrer.

A finitude da minha frase era absoluta e pairou seca entre nós. Ele juntou a outra mão àquela que já segurava a minha e, apertando-a, começou a repetir placidamente:

— *Thank you... Thank you... Thank you...* — Ele ficou repetindo esse agradecimento por um tempo incalculável. A repetição era uma afetação explícita para destacar o que viria ao final. Ele concluiu:

— *Thank you for saying goodbye!* [Obrigado por se despedir de mim!]

Uma carga de emoção nitidamente comprimiu, em reciprocidade, a nossa laringe. Aquele nó na garganta, próprio de quando contraímos a musculatura para conter o choro, ficou visível — embora ache que, ali, não se tratasse exatamente de conter, mas de sentir seu gosto sólido e duro. As mãos apertaram-se mais do que antes; em seguida, um novo silêncio. Este, porém, já não me incomodava: eu me sentia parte dele, produzindo-o em uníssono.

Novamente, ele se pronunciou:

— Pode dizer para mim o *Vidui*?

*Vidui* é uma oração recitada ao fim da vida, uma espécie de extrema-unção na tradição judaica. Um detalhe particularmente curioso é que essa oração deve ser dita pela própria pessoa agonizante, uma vez que sua tradução literal é "a confissão". Apenas em casos em que a pessoa não tenha mais meios conscientes de fazê-lo, outro deve pronunciá-la para o moribundo. E ele estava ali me comissionando para representá-lo!

De pronto, um novo terror! Coloquei a mão no bolso e vi que não tinha trazido o pequeno livro com as principais orações a serem utilizadas no contexto do hospital. E eu não sabia de cor! Sabia, sim, algumas partes, mas como um verdadeiro novato; e, com a emoção e o nervosismo do momento, temi não conseguir me lembrar de nada! Àquela altura, porém, já estava claro que não era para hesitar, e sim marchar naquela aventura relacional já em curso.

Então comecei a costurar os fragmentos do texto em hebraico do *Vidui*. Em algumas partes, ele me corrigia docemente, como se estivesse cobrindo as lacunas que eu não sabia. Isso era feito com uma maestria e uma delicadeza tais, que em momento algum eu perdia a condução daquele ato. Eu era como um amigo de mãos dadas, ajudando-o a atravessar, pedra por pedra, um rio. Perguntei seu nome em hebraico, e ele me pediu para personalizar a oração.

Ao término, havia uma paz que não era deste mundo. Estava de mãos dadas com ele; sentia o calor de sua presença e, parcialmente, uma suave sensação gélida — como se minhas mãos pudessem adentrar um pouco um território que, naquele momento, não era meu.

Ficamos juntos, olhos marejados e envoltos por um silêncio que só amigos eternos conseguem comungar. Ele adormeceu, e eu já havia avançado muito no meu plantão.

Saí do quarto num total estado de contemplação, como se tivesse participado de um milagre ou de algo fora da realidade. Foi quando fui parcialmente desperto pelo discípulo que, ao me ver fora do quarto, correu em minha direção tomado de curiosidade:

— O que foi... O que foi que ele lhe disse? — perguntou como se eu lhe devesse algo. Fiz espontaneamente, juro que não foi nenhum tipo de desforra, um gesto similar ao que ele havia feito para mim ao olhar meu crachá expressando desdém. Era como se ele fosse transparente e não existisse, como se sua curiosidade simplesmente não existisse. E prossegui sem responder.

Voltei para casa tentando decodificar o ocorrido. Eu havia experimentado algo muito importante e instrutivo para a vida. É claro que o rebe, pessoa vivida e sensível, havia notado os meus sentimentos ambíguos e o meu constrangimento nas visitas anteriores. E, naquele momento em que estava muito próximo dos procedimentos e dos momentos finais de sua vida, ele fez um movimento vital e essencial. A vida só termina quando se encerra. Até o último suspiro, temos real mandato sobre nossa existência.

O rebe estava cercado de adeptos, todos, muito provavelmente, utilizando de forma vulgar clichês como "vai ficar tudo bem", "em breve estará curado", e coisas do tipo. E o rebe estava só, não apenas no sentido da solidão (porque eles já o estavam matando antes de morrer ao não conseguirem atender ao seu momento real), mas também naquele sentido mais específico e verdadeiro que experimentava. E eu, que em meus *verbatim* corria do cruzar de olhos e almas, tinha estado ali, junto e presente, rompendo sua solidão.

É dessa forma, então, que junto o quebra-cabeça daquele momento. O rebe, cercado de atendimentos que não atendiam, olhou em volta e, ao longe, viu o jovem quase rabino. Aquela era a sua chance. Eis que me traz para perto e faculta um momento de vida plena, que é sempre onde as pessoas de fato se encontram. E onde elas se encontram? Eu diria que é onde uma existe para a outra, onde uma está plenamente em vínculo com a outra.

Ele precisava de um *Vidui*, de um momento íntegro que lhe permitisse estar onde realmente estava; e não de fugir, de evadir-se da grandeza de seu momento. Como disse, ele viu em mim a oportunidade de fazer isso, e da única maneira que é possível fazê-lo, ou seja, mutuamente: eu estando para ele, e ele estando para mim. Eu rompendo a hipocrisia de sua solidão, e ele me ordenando rabino, empoderando-me ao legitimar minha capacidade, ao fazer de mim o escolhido para estar, para ser uma presença naquele momento.

Perceber a potência daquele ser, e justamente quando estava no lugar de maior impotência possível, isto é, destituído de futuro, preso a uma cama, arrancado do solo que o nutria por quase um século de realidade; perceber essa força, portanto, e a maneira como ele assumiu as rédeas do seu momento, foi algo que desembaraçou muitos nós e ataduras.

Eu nunca mais me esquecerei daqueles instantes, instantes esses que todos considerariam "sem qualidade" — quando, na verdade, eles reverberam até hoje, com a potência de um pedaço da eternidade arrastado até aqui. Fantasio que minhas mãos entraram segurando as dele no tal túnel do fim da vida; e que algo de eterno dele também ficou impregnado em minha pele e em minha alma, aqui deste lado.

Dois dias depois, quando voltei ao meu plantão, corri para o quarto do rebe. O lugar estava com a gélida aparência de um quarto de hospital recém-higienizado, à espera de um novo hóspede e de um novo destino. Ele falecera no dia anterior. Dei-me conta, então, de que eu nem sequer sabia o seu nome! Um nome que eu gostaria de guardar para sempre e homenagear. Afinal, a minha ordenação não aconteceria dentro de duas semanas, como programado. Ela já havia ocorrido, por meio da supervisão e juridicidade daquele rebe.

Corri para a ala central, onde ficava a enfermagem e onde eram guardadas as pranchetas e pastas com as informações dos pacientes. Queria saber a identidade daquele personagem central na minha vida que, até então, era para mim um anônimo, a quem se referia apenas pelo título. O acesso a essa informação me foi negado: minha condição de capelão júnior não autorizava acessar informações de pacientes que por ventura já tivessem recebido "alta".

E assim estou até hoje, ou seja, com a indefinição em relação a quem era aquele rebe, a qual seria a sua história e a que comunidade tinha ele servido. Assim, ele ficou como um personagem mítico, desses de contos lendários do tipo "era uma vez um rei ou uma rainha...", que não demandam maiores caracterizações quanto à identidade.

Muitos fazem relatos sobre o túnel que liga o aqui ao além. São relatos de supostos extraditados, de pessoas que tiveram que retornar para este lado por conta de pendências ou por graça divina. No meu caso, algo inverso parecia ter acontecido: era como se eu tivesse estado na fronteira das fronteiras me despedindo, talvez com as minhas mãos já no campo externo a este mundo — os reflexos da luz azulada da celestialidade sobre elas. Presenciei, também, uma pessoa provar que existe vida antes da morte; que existe a possibilidade de existência plena até o momento mais derradeiro; enfim, que possuímos presença e autonomia também nesse momento.

Para os descrentes, fica o meu testemunho: "Sim, há vida bem antes da morte, à beira da morte!"

# O Espírito de Ipanema

Não foi muito depois desse episódio com o rebe que outra situação aconteceu ali no hospital Memorial Sloan Kettering. No período em que trabalhei no hospital, eu cheguei a pegar o início do aparecimento do vírus da Aids. Foi terrível, porque o Memorial Sloan Kettering era o principal hospital de ponta de Manhattan, e muitos dos pacientes infectados foram para lá. Inicialmente pertencentes à comunidade gay, muitos deles eram judeus. Os judeus possuem uma peculiaridade matemática inexplicável: são uma minoria que, independentemente do grupo ao qual dirijamos nossa atenção — ativistas, artistas, cientistas, comerciantes, médicos ou pensadores —, se fazem passar por um percentual incompatível com a sua fração real. Fiquei incumbido de atender a vários judeus que haviam contraído HIV, e era dramático.

A falta de informação e o medo de contrair a doença eram enormes. Visitávamos os pacientes vestidos como astronautas — coisa que se tornou familiar com a pandemia da Covid-19, mas que, à época, não era. Eu já estava terminando meus estudos e retornaria ao Brasil em breve. Confesso que o terror da Aids, somado à ansiedade dos profissionais de saúde, me fez querer encerrar minhas atividades de capelão, função que tinha sido profundamente importante para mim.

Vi na minha lista um paciente novo. Era um jovem, mas constatei que não se tratava de um caso de Aids. Raramente você encontrava jovens em hospitais experimentais ou em *medical floors* — nome dado aos andares onde ficavam os casos clínicos já sem esperança, que entravam em estudo para o desenvolvimento de novas drogas e novos tratamentos. Em geral, o que mais tinha nos *medical floors* eram pessoas de mais idade. Também havia jovens, é claro, mas graças a Deus eram uma minoria. Naquele momento, porém, por conta do vírus da Aids, o hospital havia sido invadido por jovens. Ver um paciente na casa dos vinte anos sem Aids era algo raro.

Entrei no quarto e, deitado assistindo à televisão, vi um jovem de pijama sobre as cobertas, com as pernas cruzadas. Num primeiro momento, ele não tirou os olhos da TV, envolvido que estava com algum programa em particular. Apresentei minhas duas ou três frases prontas sobre quem era e sobre o que estava fazendo ali. Ele pareceu pouco interessado e seguiu olhando para a TV, me oferecendo não mais que algumas rápidas olhadelas para não ser totalmente deselegante comigo e com minha aparente irrelevância.

— Capelão? Ah... Ok. Obrigado, talvez outra hora. Obrigado.

Ele falava sem perder o foco na TV. Reparei que seus olhos estavam verdes. Não eram as bilhas que estavam verdes, mas a esclera, a parte branca dos olhos. Paul estava saindo de alguma rodada de quimioterapia, e parecia em seu próprio mundo. Era um rapaz bonito. Fiquei curioso para saber sobre o seu caso, mas não recebi grandes acolhimentos, tinha praticamente acabado de ser expulso.

— Sem problemas, outra hora passo para ver se quer conversar.

— Ok — disse ele bastante resoluto. Comecei a ensaiar minha saída, quando...

— Que sotaque é esse? — perguntou ele, me concedendo pela primeira vez os ares de sua atenção.

— Português! — respondi.

— Português? Hum... Do Brasil? Eu conheço uma pessoa do Brasil, talvez você conheça...

Entendi aquilo como uma contraordem, e fui avançando até sua cama.

— O Brasil é grande! — respondi com um sorriso, esperando alguma tirada bem ao modo americano, em que o Brasil teria Buenos

Aires como capital e seus habitantes vivessem todos em pequenas aldeias à beira-mar.

— Ela é do Rio... Você é do Rio?

Antes que eu pudesse responder, ele completou:

— E por falar nisso, meu nome é Paul. Desculpe, não me apresentei.

— Sou do Rio!

— Esse sotaque não me engana. Essa pessoa de quem falei é uma mulher linda. Fiquei totalmente apaixonado por ela, louco! E você, é rabino? Vai ser rabino no Brasil?

— Sim, estou me ordenando rabino em três semanas.

— Linda, ela é linda. Fiquei totalmente apaixonado. Fui a uma boate com um grupo, e lá estavam os brasileiros... Dancei com ela direto... Tocaram até lambada! Você gosta de lambada? — disse ele com o sotaque arrastado de gringo que gosta de mastigar palavras estrangeiras como se tivessem sido retiradas de um filme da Carmen Miranda.

— Ela era do Rio?

— Sim, do Rio, e era judia... Quem sabe você não conhece... — E começou a rir sozinho, como se estivesse imaginando uma coincidência ainda não testada. — O nome dela era Rafaela Zilberstein? Conhece?

Travei.

— Você está de brincadeira? Esse é o nome da namorada do meu irmão mais velho que vive no Rio... E não acho que existam duas...

Um leve constrangimento se estabeleceu, até que ele o desfez como se aquilo não fosse nada.

— Isso é louco! Eu saí com a namorada do seu irmão e fiquei apaixonado por ela! — disse ele com um sorriso e os olhos esverdeados olhando para o infinito. — Mas não aconteceu nada. Ela nem me deu bola, apenas dançou uma vez comigo; era um grupo muito alegre.

Era o período das *Discos*, das famosas casas noturnas de Nova York, que também chegariam na noite carioca.

— Isso é incrível. Qual a chance de isso acontecer? — disse ele falsamente impressionado.

Nesse momento, uma moça muito linda e jovem entrou no quarto. Era a sua irmã, uma loira com porte e jeito de modelo. Paul era também muito bonito, estilo galã de cinema. Mais tarde, descobriria que sua mãe tinha sido modelo e que deixava boa parte das figuras célebres e dos famosos de Nova York de joelhos.

— Susan, esse é o... Esqueci de perguntar seu nome.

— Nilton.

— Esse é o rabino Nilton... Quer dizer, em três... Em três semanas, será o rabino Nilton. Mas você não vai acreditar: ele não só conhece aquela moça pela qual fiquei apaixonado... Aquela de que te falei... Como ela é namorada do irmão dele!

Susan me olhava tentando juntar as peças daquele quebra-cabeça. Percebi que esse flerte com a namorada do meu irmão — veja só que coincidência maluca! — era um tema que fazia Paul ficar mais animado. Sua irmã Susan ficou contente de ver o irmão com um bom astral por conta da minha presença ali. É sempre bom quando se agrada a uma moça bonita... Mesmo que por meio de assuntos alheios à sua pessoa.

Uma liga interessante se fez ali. Foi o Brasil tropical, o Rio sedutor e aquela noite passional que ficaram na memória de Paul. Tudo aquilo me despiu do figurino de um rabino chato que iria falar sobre vida e morte, perguntar sobre o passado e exagerar em expectativas positivas em relação ao futuro. Tudo adquiriria um novo contexto, repleto de luz e calor, de aventuras tropicais e jovialidade.

Em minhas idas ao hospital nas semanas seguintes, passamos divertidos momentos juntos. Ficávamos falando besteiras e, para tentar levantar sua moral, comecei a alimentar seu imaginário sobre o Rio e sobre o Brasil: tucanos, verde e amarelo, garotas, praia e tantas coisas maravilhosas da terra varonil da América do Sul. Só faltava eu trocar o solidéu por um daqueles exagerados chapéus de bananas e abacaxis recorrentes em filmes de Hollywood sobre o Brasil. A verdade é que aquilo o deixava muito feliz e positivo, e ele sempre me perguntava quando eu voltaria ao hospital.

Tivemos tantos encontros de sonhar com o Brasil quantos foram possíveis, porque eu estava para concluir os estudos e voltar ao meu país. Lembro-me da minha última ida ao hospital. Paul estava prestes a iniciar uma nova rodada de quimioterapia, e havia dúvida se resistiria à intoxicação. Entretanto, fizemos muita festa, e brincamos que ele iria se curar e tiraria um ano sabático para ir viver no Brasil aquele carnaval imaginário que havíamos trabalhado nas últimas semanas.

Propositadamente, eu estabeleci um exercício imaginário que girava em torno de sair curado, vencer tudo aquilo e ver sua vibrante juventude regressando à grande festa interrompida de sua vida. Paul era um bem-sucedido advogado em Wall Street, mas, depois de tudo isso, o que ele desejava era celebrar a vida. O Brasil era o lugar e, passada a aduana de sua saúde, estava logo ali.

Meu coração estava muito mexido. Imaginei que aquela seria a última vez que o veria. Nós nos despedimos, e logo depois voltei para o Brasil como rabino.

Há pessoas que a gente conhece com quem, por alguma razão, se estabelece uma interação de espírito para espírito. O espírito é um padrão, um design de encaixe. Mesmo nas crenças espiritualistas que falam sobre a continuidade de presenças após a morte, a palavra escolhida é "espírito". A alma, por exemplo, é uma espécie de essência, de estofo que insufla o nosso ser. Ela anima e dá sustância ao que é de carne e osso. Já o espírito é uma matriz, um molde de nossa personificação. O espírito contém as características, uma espécie de alter--pessoalidade nossa que, mesmo sem corpo, ainda nos representa. Essa incorporalidade identitária, seja real, seja imaginária, é o tal do espírito. E onde tem o cheiro, o jeito, o toque e o padrão específico de uma pessoa, ali está o seu espírito.

Certa vez fui à cidade de York, na Inglaterra, com minha esposa. Era uma sexta-feira e eu queria muito ir a um serviço religioso numa sinagoga. Não havia na cidade. Eu teria que me deslocar duzentos quilômetros. Conformado em não ir, e, como não tínhamos nada para fazer, consegui nos colocar, de última hora, num tour de fantasmas pela cidade de York. Eu sabia que tudo aquilo era um pacote turístico para explorar as velhas lendas de castelos mal-assombrados da região. Achei que seria tudo muito tosco, quase um módulo de parque de diversões. De fato, foi assim no início, até que a noite começou a cair. O guia nos disse para sentar numa escadaria; ao fundo, tinha uma plataforma. Eu me virei para a minha esposa e sussurrei que o Shabat, o sábado, estava começando, e que eu preferiria estar numa sinagoga a ter de ouvir todas aquelas baboseiras sobre fantasmas. Mal falei isso e o guia disse: "Sabem onde estão? Estão na escadaria da antiga sinagoga, do que um dia foi a sinagoga de York!"

No século XII, os judeus da cidade de York foram brutalmente assassinados, num episódio conhecido como o incêndio da Torre de Clifford. Encurralados, eles foram obrigados a tirar a vida de suas próprias famílias, e teriam se tornado espíritos que rondam a cidade de York. Enfim, não sei por que estou falando tudo isso... Acho que por ter ficado impressionado diante desse episódio, com a ideia de um espírito ser um molde, uma fixação que preserva certas características personificadas.

A cidade de York nunca mais conseguiu apagar esses indivíduos de sua identidade. Eles ficaram ressoando, mais significativos do que tantos outros que partiram e não deixaram marcas de sua presença (pelo menos não assim, isto é, tão emaranhados ao local). O lugar, então, ficou marcado por esses espíritos — espécie de sombra que assombra a cidade até hoje.

De volta de Nova York, regressei ao Brasil e vivi meu primeiro ano como rabino no Rio de Janeiro. Um belo dia toca o telefone, e minha secretária me avisa que era um telefonema do exterior para mim.

— Nilton?

A princípio não reconheci a voz, que continuou:

— Aqui é o Paul... O Paul do Memorial Sloan Kettering!

Era como estar ouvindo um espírito, mas, sim, claro que me lembrava do Paul! Eu apenas o colocara no setor das pessoas perdidas — fosse pela minha mudança para o Brasil, fosse pelas condições em que o havia visto na última vez em que nos encontramos. Era ele; um padrão, um espírito ressurgindo na minha memória.

— Nilton? Você me escuta? Eu estou curado! Totalmente curado! E sabe o que mais? Eu vou para o Brasil. Eu vou fazer o que você disse, e viver o melhor ano da minha vida! Realizar um sonho!

Inicialmente, fiquei paralisado: o Rio de Janeiro passava por um período horrível. A economia estava péssima. Havia assaltos para todos os lados, e uma nova onda de sequestros acabava de começar. Só se falava em medo e caos social. Pensei comigo: "Meu Deus... Como é que esse cara vai baixar aqui? Quem iria garantir qualquer coisa parecida com as fantasias que ficamos exercitando com o intuito de motivá-lo? Como me responsabilizar por aqueles sonhos em tecnicolor diante da realidade cinzenta pela qual passava a cidade?"

— Paul! Paul! Estou tão feliz por você! Rio? Você vai vir para o Rio, mesmo?

— Não só vou para o Rio, mas, assim como sonhamos, vou para o Rio passar um ano inteiro! Preciso que consiga para mim um apartamento para alugar; vou virar carioca!

Desliguei o telefone em pânico. Eu estava começando minha vida rabínica cercado de olhares por todos os lados. Como poderia acompanhar o ritmo e a libertinagem daqueles sonhos hospitalares? No entanto, o que mais me apavorava era patrocinar uma grande decepção para Paul, já que eu tinha exagerado e pintado de cores extremas a sua fantasia. Naquelas condições, não haveria maneira de a realidade se equiparar à ficção e ao imaginado.

Consegui um apartamento de um amigo para Paul alugar. Ele veio e realizou o seu sonho, detalhe por detalhe. Aprendeu português rapidamente e passou a falar como um nativo. Não sei como, mas também se tornou um *expert* em lambada e frequentou a noite carioca como se fosse um local. Todos o conheciam na balada, nos restaurantes, em qualquer canto. Ele era o cara! Eu ia com ele aos lugares e os garçons prestavam reverência. E ele tinha amores por todos os lados, além de ser cobiçado e respeitado pelos mais célebres de Ipanema. Tornou-se o próprio espírito de Ipanema, e de uma forma tão mágica que eu não conseguia acreditar.

Era como se a fantasia tivesse ganhado um direito ilimitado, uma permissão especial para se realizar, e tudo acontecia como tinha sido concebido. Fiquei impressionado com as "estrelas" conspirando daquela maneira, com aquele design que se iniciou com uma coincidência e acabou enganchando destinos. Viramos melhores amigos, irmãos, o que perdura até hoje. Um acompanhando a vida do outro, de filhos e muita caminhada.

Paul virou uma lenda no bairro de Ipanema. Um espírito não assombrado, mas iluminado! Ele, que para mim teria virado uma mera lembrança, havia se materializado num personagem central em minha vida. E dos olhos e rosto esverdeados, e do cinza da doença, Paul havia repintado todo o cenário. Seu espírito prevaleceu e o corpo teve que seguir o seu imaginário. Mérito também do Rio, que, diferente de York, é uma cidade muito bem assombrada!

Impressão e Acabamento:
EDITORA JPA LTDA.